中华先锋人物
故事汇

雷 锋

大海里的一滴水

LEI FENG
DAHAI LI DE YI DI SHUI

徐 鲁 著

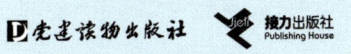

党建读物出版社　接力出版社

图书在版编目（CIP）数据

雷锋：大海里的一滴水/徐鲁著．—北京：党建读物出版社；南宁：接力出版社，2019.4（2024.6重印）
（中华人物故事汇．中华先锋人物故事汇）
ISBN 978-7-5099-1074-0

Ⅰ.①雷… Ⅱ.①徐… Ⅲ.①传记小说-中国-当代 Ⅳ.①I247.5

中国版本图书馆CIP数据核字(2018)第276580号

雷锋——大海里的一滴水

徐 鲁 著

责任编辑：李雅宁　成　蹊
文字编辑：肖　贵
责任校对：贾玲云　杨　艳　张琦锋　刘会乔
装帧设计：郭树坤　严　冬　　美术编辑：高春雷
出版发行：党建读物出版社　接力出版社
地　　址：北京市西城区西长安街80号东楼（邮编：100815）
　　　　　广西南宁市园湖南路9号（邮编：530022）
网　　址：http://www.djcb71.com　　http://www.jielibj.com
电　　话：010-65547970/7621
经　　销：新华书店
印　　刷：保定市中画美凯印刷有限公司
2019年4月第1版　　2024年6月第17次印刷
787毫米×1092毫米　32开本　6.25印张　90千字
印数：198 401—208 400册　　定价：22.00元

版权所有　侵权必究

质量服务承诺：如发现缺页、错页、倒装等印装质量问题，可直接联系本社调换。
服务电话：010-65545440

目 录

写给小读者的话 ………… 1

永别的日子 ………… 1

雪落湘江 ………… 7

流浪的孤儿 ………… 13

太阳升起 ………… 23

饮水思源 ………… 31

少先队员 ………… 39

青翠的小树 ………… 45

小鹰展翅 ………… 51

光荣的共青团员 ………… 61

纯真的友谊 ………… 73

祖国的召唤 ………… 81

铁流滚滚·················87

小渠流向大江···········95

忘我的人···············101

光荣的士兵···········109

不做温室中的弱苗·····121

百炼成钢···············127

钉子精神···············135

庄严的时刻···········141

春天般的温暖·········147

以国为家···············155

"为人民服务是无限的"····161

小溪奔向远方·········169

永远的雷锋精神·······179

写给小读者的话

时光匆匆,春华秋实。一位在新中国的阳光下成长起来的普通战士、全国人民学习的好榜样雷锋,离开我们已经五十多年了。

自从毛泽东主席发出了"向雷锋同志学习"的号召以后,全国人民学习雷锋精神的活动,也在中国大地上持续半个多世纪了。

雷锋,成为中国人民家喻户晓的一个闪光的名字。

伟大的雷锋精神,也成了激励和教育人们的宝贵财富,成了矗立在一代代青少年成长道路上的一盏光彩夺目的明灯,一座坚不可摧的丰碑。

雷锋的一生是那么短促,却又是那么丰富、美丽，充满光辉。

他的一生是艰苦的一生，也是战斗的一生。

"我觉得要使自己活着，就是为了使别人过得更美好。"

"自己辛苦一点，多帮助别人做点好事。"

"人的生命是有限的，可是，为人民服务是无限的……"

"我要牢记这样的话：永远愉快地多给别人，少从别人那里拿取……"

在他留下的数百则日记里，不仅真实地记录着他在新中国的阳光下走过的战斗历程，也写着他崇高的人生观，"毫不利己，专门利人"的生活准则。

雷锋活在世上的时间虽然十分短促，但是他的影响力将是无限久远的。雷锋精神甚至超越了国界，超越了时空，成为高尚、无私、爱心、忘我、奉献……这样一些美德的代名词。

一个年轻的生命结束了，但他的灵魂、他的精神，还有他的故事，却如苍松翠柏，在祖国的大江南北、长城内外开始了新的生命。

一代代人的记忆、传颂、热爱和怀念,就是使伟大、崇高的雷锋精神永远存活、飞翔的土壤。

那么,这位平凡而又伟大的战士的故事,我们该从哪里讲起呢?

还是从他永远离开我们的那天讲起吧……

永别的日子

一九六二年八月十五日,一个原本十分平常的日子。

淅淅沥沥的小雨,从早晨就开始不停地下啊,下啊……一直下得天空阴沉沉的。

这天上午,雷锋和他亲爱的战友乔安山一起,驾驶着十三号运输车,从山区工地赶回抚顺部队驻地拉施工材料。

雷锋当驾驶员,乔安山当他的助手。

上午九点钟的时候,他们到了部队驻地。

车一停下,雷锋就麻利地跳下来,招呼助手把车子开到另一处空地上去,准备先把车身和轮胎上的泥冲洗干净,把汽车保养一下。

于是，乔安山就跳上驾驶座，转动着方向盘。

到空地上的洗车处，要经过一段比较狭窄的过道。

车子轰鸣着，喷溅着泥水，慢慢地向后倒去。

雷锋在汽车旁边指挥着："注意，向左，向左，倒，倒……"

可是，因为地上积满了泥水，又滑又软，车子拐弯时，左后轮突然滑进了道边的一个小水沟里，与此同时，车身撞倒了埋在路边的一根粗木桩，那是战士们平时系上绳子，用来晾晒衣服的。

此时，雷锋正在全神贯注地指挥着倒车。

粗大的木桩倒下来，不幸的事情发生了！

木桩正好击中了雷锋的头部！

在一瞬间，雷锋摔倒在地，当即昏迷了过去……

"班长！班长！你快醒醒啊！"

等到乔安山发现雷锋倒在了地上，赶紧刹住车，跳下来抱起他时，雷锋微微地张了张嘴，却一句话也说不出来了。

副连长驾驶着汽车，以最快的速度，飞奔向沈阳的医院。

"不能耽搁,一分钟也不能,一定要想办法救活雷锋同志!"

他们用最快的速度,把沈阳最好的医生接来,抢救雷锋。

然而,当浑身已被汗水湿透的副连长带着医生赶回部队驻地时,不幸的事情已经无法挽回了!雷锋终因大脑溢血而停止了呼吸。

他静静地躺在那里,一身风尘仆仆的军装还来不及换下来,却再也听不见首长、医生和战友们痛苦的呼唤了!

他的助手乔安山简直不敢相信,自己的班长在这么短的时间里就永远地离开了这个世界!

乔安山悲痛欲绝的哭声,也无法唤醒亲爱的班长了。

这个劳动人民的好儿子,中国共产党的优秀党员,毛主席的好战士,就这样因公殉职了!

他牺牲时,才仅仅二十二岁!

战友们在整理他的遗物时看到:一套被他读过无数遍的《毛泽东选集》四卷本上,画满了他在不同的时间和场合留下的圈圈点点。

他的数百则日记里，不仅真实地记录着他在新中国的阳光下走过的战斗历程，也写着他崇高的人生观，"毫不利己，专门利人"的生活准则。

噩耗很快传到了雷锋担任校外辅导员的两所小学。

孩子们和老师们都惊呆了。没有谁愿意相信这个噩耗是真的。

孩子们还在追问：雷锋叔叔前天不是已经答应过我们吗？这个星期五下午就来给我们继续讲毛主席青少年时代的故事……

当孩子们终于明白，雷锋叔叔真的已经永远地离开了他们的时候，整个校园里响起一片揪心的哭声……

雷锋牺牲后的第三天，将近十万群众，包括他生前的首长、战友，还有抚顺市的工人、农民、学生……护送着他的灵柩，缓缓地、悲痛地来到抚顺市烈士陵园内。

他们护送他走过了最后一段路程。

他们流着泪看着雷锋的灵柩缓缓地沉入了

地下……

　　雷锋年轻的生命结束了,但他的灵魂、他的精神,还有他的故事,却如苍松翠柏,在祖国的大江南北、长城内外开始了新的生命……

雪落湘江

刺骨的北风，在湘江两岸的大地上呜呜地呼啸着。

它一会儿像是野兽在号叫，一会儿又像婴儿在啼哭。它时而停留在破旧的屋顶上，把茅草吹得沙沙作响；时而又越过颓垣与荒冢，像晚归的旅人走进村庄，停留在人家的小屋外，用力敲打着那紧闭的门窗……

一九四〇年的冬天，比往年的冬天更加寒冷和寂寥。

寒冷在封锁着苦难的中国乡村，风雪在加重着中国乡村百姓们的愁苦与忧郁。滚滚的湘江水，就像三湘大地上的贫苦农民无尽的血泪。它见证着两岸苦难的乡村里无数个悲惨的故事。

这一年的十二月十八日（农历十一月二十日），在湖南长沙市西北郊望城县（今望城区）安庆乡的一个名叫简家塘的小山村里，一个婴儿哇哇地啼哭着，来到了这个苦难的人世间。

这个婴儿，就是长大后成为全中国人民学习的好榜样、伟大的共产主义战士雷锋。

雷锋出生在一个贫苦农民家庭里。

他的爷爷名叫雷新庭，是一个贫苦的佃农，多年来佃种着十来亩田地，风里来，雨里去，长年累月在田里劳作，却仍然难以维持一家人的生活。

在沉重的地租、高利贷和一些叫不出名目的苛捐杂税的压榨下，雷锋的爷爷最终得了重病，再难下地劳动了。

就在小雷锋刚刚学会走路、能够喊叫"爷爷"的那个冬天，灾难降到了贫穷的雷家。

年关的时候，当地有名的财主谭四滚子带着家丁，耀武扬威地逼迫雷锋的爷爷马上还清所欠的租债，不然就要收回土地，不许再租种谭家的田地。

眼看着一家老小连锅都揭不开了，哪里有钱粮交租还债？雷锋的爷爷又急又气，病情转重，在年关被活活逼死了！

爷爷死的时候，小雷锋尚不懂得世事。全家人凄惨的哭声，伴随着他在人世间成长。

一九四四年的三十晚上，
没有月亮，也无星光，
只听一声炮响，
鬼子进了我们桥头村庄。

它们像一群万恶的野兽，
抢走了粮食，夺走了猪羊，
烧毁了我们的房屋，
血洗了我们的村庄。
……

这是雷锋长大后，在一九五八年写的一首诗歌《党救了我》中的两节。

正如他在诗歌里写到的那样，一九四四年冬天，苦难再一次降临到他们家。这时候雷锋已经四岁了，能够记忆和感受那苦难的生活了。

最先给他留下的苦难记忆，是父亲的遭遇。

雷锋的父亲名叫雷明亮，原本是长沙市仁和福油盐铺里的一个挑夫。他历尽千辛万苦，长年累月地给人家挑担送货，赚回一点儿微薄的血汗钱，勉强维持着一家人的生计。

可是，到了一九三八年，日寇进入了洞庭湖地区，家乡的日子就更加难过了。

雷锋的父亲被拉去当挑夫，因为不从而遭到毒打，以致内伤吐血，几乎失去了劳动能力。

父亲只好抱病回到了乡村。

回乡以后，为了养活一家人，雷锋的父亲只好也向谭四滚子付了一笔押金，佃了七亩田地。

从此，他就带着有病的身子，日夜下田干活。

这是一个动乱不安的年代。中华儿女面对侵略者不屈不挠，浴血奋战，伟大的抗日战争蓬勃兴起，正义的烈火在祖国的大江南北熊熊燃烧。然而，日寇的进攻日益深入，祖国的河山大片大片地沦入敌手。

在雷锋四岁的时候，日寇的铁蹄已经深入了他的家乡。

湘江两岸，豺狼当道，暗无天日。多少劳苦的群众，都生活在水深火热之中。

雷锋的父亲即使起早摸黑，勤扒苦做，也难以养活一家人。

终于，在雷锋五岁那年的春季，他的父亲因无钱治病，含恨离开了人世。

父亲的死，在刚刚懂事和记事的小雷锋心头，留下了惨痛的一幕。

这也是自他出世以后，苦难的人世给予这个小生命的又一次沉重的打击。

在那样的年头，许多穷人家死了亲人，往往连买口简单棺材的钱也拿不出来。眼看着死去的亲人不能入土，雷锋的母亲痛哭不已，好几天里只能以泪洗面。

没有办法，母亲只好托人把家里的七亩佃田转佃出去一半，得到了一点儿押金，总算买了一口薄木棺材，在乡亲们的帮助下，安葬了苦命的亲人。

这时候，雷锋的哥哥雷正德正在离家乡有四百多里远的津市当童工。

雪落湘江

那是雷锋的父亲还在世的时候，为了减轻家庭负担，父亲和母亲商量后，就忍着痛苦把雷锋的哥哥送进津市的一家机械厂当童工。

当时哥哥只有十二岁，还是一个没有成年的孩子呢！

祖父死了，父亲也死了，家里一个劳力也没有了。

从此，雷锋的母亲只好怀抱着小弟弟，拉着小雷锋，一天天挣扎在饥饿的死亡线上。

但是，有一个强大的信念在支撑着妈妈：无论怎样，都要活下去，都要把苦命的孩子们拉扯成人！

流浪的孤儿

俗话说"屋漏偏逢连阴雨""麻绳总从细处断"。穷苦人家的日子本来就难过得很,可是又偏偏祸不单行。

雷锋的哥哥雷正德所在的那家机械厂,是津市一个姓钟的资本家开办的。

厂子里设备陈旧简陋,破烂不堪。许多工人在这里做着沉重的苦力,过着非人的生活。

雷正德长得很瘦弱,拿的是童工的工资,干的却是成年工人干的活。所以,只有十二岁的小正德,经常累得眼冒金星,难以支撑自己劳累的身体。

但他远离了家乡,没有一个人可以诉苦,即

使哭也只能偷偷地躲在没有人的地方哭，因为万一被工头看见了，就会挨打挨骂，甚至被扣掉工钱。

不久，就在他们可怜的母亲在家乡走投无路的时候，雷正德在工厂里也不幸患上了"童子痨"（肺结核）。

他整天被疾病折磨得难以忍受，还要坚持上工，因此身体也就越来越虚弱了。

有一天，他在机器旁干活时，因为咳得厉害，加上疲劳过度，干着干着，就再也支持不住了。

一瞬间，可怕的事情发生了：小正德的手和胳膊被正在旋转着的冰冷的机器给轧伤了！

鲜红的血滴落在机器上，染红了脚下的泥土。

小正德痛得几乎昏了过去，边哭边喊叫着："我要回家！我要妈妈……"

毕竟，他才只有十二岁啊！

狠心的资本家，眼看着这个孩子的手臂已经残疾，认为留下他简直就是一个累赘，于是就把他赶出了厂子大门。

可怜的小正德拖着伤残的胳膊，忍着钻心的

痛苦，沿路乞讨着，走了七天七夜才回到了自己的家。

可是，家里也拿不出分文来给他治伤啊！

母子四个只能抱在一起，哭成一团。

家里没有钱给正德哥哥治病，而又不能不生活，无奈之下，哥哥只好又带着伤、带着病，到长沙附近的荣湾市一家印染厂去当了学徒。

恶劣的劳动条件，沉重的劳作，加上生活的困苦和艰难，使正德哥哥的伤口和病情一天天恶化、加重，单薄的身子一天天消瘦下去。

就在雷锋六岁那年，一九四六年初冬，可怜的正德哥哥，最终被病魔夺走了生命。他死的时候才只有十三岁！

这又一次打击，就像一把利刃，插在母亲的身上！

母亲悲恸欲绝，哭天天不应，叫地地不灵。她的儿子再也不能苏醒过来了。六岁的小雷锋也大声哭喊着："我要哥哥！我要正德哥哥啊……"

然而，哥哥静静地躺在冰冷的门板上，再也不能领着弟弟到村外去讨饭，到田野里去挖野菜、掘茅草根了。

母亲哭得几乎流干了眼泪。

可是,灾难还在这个家庭里继续。

刚刚掩埋了正德哥哥,不料灾祸又降临到了雷锋刚满三岁的小弟弟身上。

幼小的弟弟因为吃不饱、穿不暖,突然染上了伤寒病。

不久,这个无辜的小生命就在母亲的怀里咽下了最后一口气。

这是残酷的命运对雷锋一家的又一次打击。

一连串的灾难和不幸,使雷锋的母亲欲哭无泪,几乎绝望了。

但是,望着眼泪汪汪的小雷锋,想到死去的亲人们,母亲还是坚强地抬起了头,把命运留给她的唯一的儿子紧紧地搂在了怀里。

她怕啊,怕这不公平的世道连她的这个儿子也不放过。她恨啊,恨这不公平的人间怎么会对穷苦人下如此凶狠无情的毒手……

现在,在这个风雪人间,小雷锋只剩下唯一的亲人——母亲了。

母亲把儿子搂在怀里,久久地望着他。是的,为了告慰死去的公公、丈夫、两个未成年的儿子,她必须咬紧牙关活下去!她一定要把自己的"庚伢子"(雷锋的乳名)拉扯成人。

为了养活自己的庚伢子,母亲只好忍受着奚落和白眼,到谭四滚子家里去当了佣工。

母亲起早摸黑,什么脏活苦活都干。

可是,谭四滚子的儿子谭七少爷,却丧尽天良,起了歹心,有一次趁雷锋的母亲不备,奸污了她。

一向贤淑和恪守妇道的母亲,遭受如此奇耻大辱,却无人可以诉说,无处能够申冤。

她含着悲愤和耻辱,回到了家里,整日披头散发,以泪洗面,觉得再也没有脸面活在人世了。

那些日子里,她常常一个人跑到雷锋父亲的坟头去痛哭。

可怜的、无助的母亲啊,对这个吃人的人间已经失去了最后的留恋之意。

不是吗?亲人们一个接着一个地死去,使她深深地感到了命运的沉重和冷酷;东家少爷的侮辱,更剥夺了她最后的自尊。她满肚子的苦水无处倾吐，满腔的冤仇无处诉说和申辩。

也许，只有横下心一死了之，才能表达她对这个万恶的旧社会最后的抗议和控诉了！

一九四七年农历八月的一个夜晚，当有钱的人家已经在准备中秋的月饼，穷人家却连一口薄粥都喝不上的时候，小雷锋的母亲决意要离开这个不公平的人世了。

但她唯一担心的，还是自己尚未成年的儿子。

母亲拉着儿子的小手，把儿子端详了半天，心如刀绞一般。

她竭力掩饰着自己的悲痛，对儿子说道："庚伢子，我的好孩子，以后要是没有妈妈的照料了，你该怎么活呀？"

儿子懂事地安慰母亲说："妈妈，以后我长大了，我来孝敬您！妈妈身体不好，做活做得太累了，我会自己照料自己嘛……"

"好伢子，你这么说，妈就放心了！以后你要好好照料自己啊！"母亲一边抚摸着儿子瘦小的手和脸，一边又喃喃地说道，"庚伢子，你可要记住啊，你爷爷、爹爹，还有你正德哥哥和弟弟，一家人都是怎么死的啊！"

说完这些，母亲还亲了亲儿子的小脸，然后吩咐他说："好孩子，天快黑了，你现在就到你六叔奶奶家去住一夜，妈出去给你讨点吃的。听话啊！"

小雷锋此时并不知道母亲痛苦的心事，他只是担心地说："妈妈要多当心呀，不要让外面的大狗咬着，早些时候回来啊！"

就在这天晚上，母亲悬梁自尽了。

"妈妈！妈妈！你醒醒啊……"

当小雷锋从六叔奶奶那里跑回家时，母亲已经再也听不见他的哭喊了。

爸爸、哥哥、弟弟、妈妈，仅仅三年之间，小雷锋就亲眼看着四位亲人相继离开了自己。

从此，不满七岁的小雷锋就成了一个孤儿。

茫茫的人间，冷冷的风雪，他将怎么活下去啊？

穷帮穷，苦怜苦。为了不让可怜的小雷锋冻死、饿死，家境也是十分贫寒的六叔奶奶收留了小

流浪的孤儿

雷锋。

这样，这个失去了父母、生活无依无靠的孤儿，才算有了一个安身的屋顶。

六叔奶奶流着泪说："庚伢子，你可一定要记住自己的亲人都是怎么死的啊！你一定要好好地长大啊！你放心，六叔奶奶这里只要有一口吃的，就不会让你饿着……"

同时，村里的一些善良的爷爷奶奶和叔叔婶婶，都把小雷锋当成自己的孩子一样看待。

雷锋小小年纪，就经常上山砍柴、拾草，或下地挖野菜，有时还帮着去放牛、运送秧苗什么的。

上山砍柴，像他这么小的年纪，可是十分不容易的。

每天，他都要拿上砍柴刀和扁担，砍树枝啦，挖竹根啦，刨树蔸啦……只要力所能及的，他都肯干。

有时，他把这些柴草挑下山，到集市上卖掉，换点钱来给六叔奶奶家补贴一下家用。

被树枝划破皮肤，或让荆棘扎痛了手脚，都是常有的事。

有一次,他一不小心,砍柴刀砍伤了小手,鲜血染红了刀柄和手背。小雷锋痛得直喊"妈妈",可是,没有谁能帮助他。

他只能抓把黄土止住鲜血,忍住疼痛,又拿起砍柴刀来继续砍柴。每当他瘦小的身体挑着沉重的柴担子走回村子时,无论经过哪一家贫苦的人家,都会留住他,说:"庚伢子,快歇歇吧,可别把小身子骨压坏了啊!来,就在这里吃口饭吧!"

这时候,小雷锋往往满怀感激地点点头,一边往嘴里扒着饭,一边扑簌簌地流着伤心的泪花。

又一个春天到来了,天气渐渐变得暖和了。

随着小雷锋一天天的长大,他也渐渐明白了一个道理:

穷苦人之所以总受欺压和盘剥,一个重要原因就是不识字,是"睁眼瞎子"。

所以,渐渐地,看着那些财主家的孩子穿着绫罗绸缎什么的,他一点儿也不眼馋;财主家天天吃鱼吃肉,他也丝毫不觉得嘴馋。

让他羡慕的只有一点,每次他走过村里的私

塾，看到那些有钱人家的孩子背着书包上学放学，尤其是当他放牛、打柴的时候，远远地站在私塾外面，听着从里面传出来的琅琅的念书声，他真打心眼里羡慕啊！

每次他都会想：什么时候，我也能背着书包，在学堂里念书识字就好了，哪怕念一天、念一个月，都是好的啊！

可是，他只能这么满怀羡慕地想一想而已。

他是个一无所有的孤儿，根本就不可能有这样的机会。

每一次，他最终只好提着砍柴刀和担子，恋恋不舍而又凄然地转过身，走上山去。

山路遥遥，荆棘遍地。苦难的生活还在等待着小雷锋。

他在艰难中挣扎着、成长着。他要活下去！他要长大！

他忘不了自己的亲人都是怎么死的。他要为他们报仇雪恨！

黑夜沉沉，霜重露深。小雷锋在漫漫长夜里期盼着太阳升起。

太阳升起

霹雳一声巨响!

东方升起了红太阳。

呵!伟大的中国共产党,

您把我拯救,

把我抚养,

把我送进工农子弟的学堂。

……

雷锋在他的诗歌《党救了我》里这样讲述他的童年。

一九四九年八月,共产党、毛泽东领导的中国人民解放军,跨过长江,解放了雷锋的家乡望城县。

太阳升起了,天亮了。

穷苦的百姓终于挣脱了压迫的锁链,迎来了翻身做主人的日子。

在苦难中受尽折磨的小雷锋,和乡亲们一起,站在明朗的阳光下,欢庆着自由和解放。

不久,共产党领导的安庆乡基层政权建立起来了。

中共地下组织成员彭诗茂,担任了安庆乡农会第五分会的主席。后来,他又担任了安庆乡乡长。

彭大叔知道小雷锋是个苦大仇深的孩子,就经常询问小雷锋有没有什么困难。

有一次,彭大叔拉着小雷锋的手,对他说:"好孩子,你有什么困难和苦处,就尽管告诉大叔,现在,天下是我们穷苦百姓的了,共产党、毛主席都会给我们做主的!你再也不用害怕那些欺压穷苦百姓们的坏蛋了!"

小雷锋睁大了眼睛,仔细听着彭大叔的话,一字一句都记在了心里。他的眼睛里噙着晶莹的泪花。多少年了,他第一次听见这么温暖的话语。

接着,彭大叔又叮嘱他说:"好孩子,你可要记住,我们穷苦人的救命恩人是共产党和毛主席,你是苦苗苗上结出的一个苦瓜,是共产党、毛主席给我们送来了救命的雨水。长大了,可一定要听共产党、毛主席的话啊!"

小雷锋不停地点着头,说:"您放心吧,彭大叔,我忘不了共产党、人民政府和毛主席的恩情,我一定会听共产党的话,听毛主席的话,做一个翻身不忘本的好孩子!"

刚刚解放的那些日子里,大人们在忙碌着组织农会,孩子们就组织成立了儿童团。

小雷锋穿戴着政府送来的新衣服、新帽子和新鞋子,精神抖擞地站在儿童团的队伍里。

他心里那个欢喜啊,真是没法子说啦!每天,他和乡里的伙伴们一起,拿着红缨枪,唱着歌去开会,去放哨,去盘查形迹可疑的人。

小雷锋走起路来,身子挺得直直的,头昂得高高的,真正是扬眉吐气了。

他想,要是妈妈还活着,看到他现在这个当家做主人的样子,该有多么欢喜啊!

这一天傍晚，太阳快要落山的时候，雷锋正站在村头放哨。

忽然，他看见不远处走来了一支整齐威武的队伍。

呀，是解放军！是毛主席领导的解放军的队伍，开进了他们的村庄。

只见解放军叔叔个个精神抖擞，穿着整齐的黄军装，背着整齐的背包，扛着乌黑发亮的钢枪，还雄赳赳、气昂昂地喊着口号呢！

小雷锋真是高兴得要跳起来了。

他一听说队伍要在这里暂时住下，就兴奋地给队伍带路，领着解放军进了村。

他东奔西跑，一会儿跟着大人们忙上忙下，帮助安排住房；一会儿又帮着搬板凳、擦桌子，张罗茶饭。

他高兴得一个劲儿地笑啊笑啊，两只小眼睛都眯成了一条线。

他想：彭大叔说得对，毛主席领导的解放军，就是为穷苦人打天下、谋幸福的，是老百姓自己的队伍。那么，我为什么不要求参加解放军呢？

那天晚上，他一会儿摸摸那火红的军旗，一会儿摸摸军号手那擦得闪闪发亮的军号，迟迟不肯离开解放军叔叔的宿营地。

他问那个军号手说："你是怎么当的兵？"

"志愿当的呗！当兵是为咱们老百姓谋幸福的，当然要志愿啦！"军号手一脸自豪的神情。

"我志愿行不行？我也好想当兵！"

"什么？你？"军号手取笑雷锋说，"你别开玩笑了，你现在还是个儿童团员，还没有一支步枪高呢，就想当兵？"

"别看我个子小，可是我有的是力气！"小雷锋央求军号手说，"吹号哥哥，求求你，帮我去跟连长说说，让我也参加你们的部队吧，我也可以跟着你学习吹号……"

"你……想得真美！"军号手说，"军号是你想吹就能吹的呀？你呀，还是自己去说吧，我可不愿意替你碰这个钉子。依我看，你还是安心扛你的红缨枪吧，再说啦，当一个儿童团员也是革命嘛！"

几天之后，队伍要开走了。

小雷锋一听到消息，急得呀，一溜烟地跑到一位连长面前，拉住连长的手，说："叔叔，我要当兵，带我走吧！"

"带你走？"连长问道，"你这么小，为什么要当兵？"

"我……要报仇！我全家都被地主老财和资本家给害死了……"小雷锋握着小小的拳头说。

"小弟弟，你还小嘛。"连长说，"我们的军队就是为穷苦人打江山，保护全天下受欺压的老百姓的。你放心吧，你的仇我们大家会替你报的。"

"不能带上我一起走吗？我要和你们一起去报仇……"

连长劝他说："小弟弟，你的年纪还小，你现在的任务是好好学习，做毛主席的好学生。过几年等你长大了、长高了，再来参军，我们一起保卫咱们的祖国，好吗？"

小雷锋听了连长的话，若有所思，喃喃自语着："好好学习，做毛主席的好学生……"

临走时，连长拉起小雷锋的手，把自己的一支钢笔送给了他，叮嘱他说："好孩子，一定要好好学习啊，再见了！"

小雷锋恋恋不舍地望着解放军队伍渐渐远去了。

他的心里感到热乎乎的。

就在雷锋的家乡解放两个月之后,一九四九年十月一日,伟大的新中国诞生了。毛主席站在北京天安门城楼上,用他家乡的湖南口音,向着全世界庄严宣布:中华人民共和国成立了!中国人民从此站起来了!

饮水思源

"孩子,我们翻身了!给你爸爸、妈妈、哥哥和弟弟报仇雪恨的日子来到了!"

有一天,彭大叔拉着雷锋的手,兴奋地跟他说。

原来,在雷锋的家乡,一场轰轰烈烈的土地改革运动正在掀起。广大的贫苦农民,在党的教育下,提高了觉悟,内心燃起了斗争的火焰。雷锋和乡亲们一起,扬眉吐气地高呼着口号,参加了一次次斗争会。

以前那些趾高气扬、耀武扬威的财主、恶霸,一个个被押到了斗争台上。他们就像泄了气的皮球,耷拉着脑袋,战战兢兢地接受穷苦百姓们的声讨和控诉。

吃人的地租、劳役、高利贷……还有他们残害穷人的恶毒手段，一件一件地被揭露了出来，真是罄竹难书、令人发指。

诉苦的人一个个声泪俱下；地主恶霸一个个哑口无言，垂头丧气。震耳欲聋的口号声此起彼落，从一个村子传到另一个村子。

小雷锋听着乡亲们的控诉，看着在台上垂头丧气的财主恶霸，不由得也想到了自己的身世，想到了爷爷、爸爸、妈妈、哥哥、弟弟的惨死，以及自己砍柴、讨饭时的遭遇。

他流着眼泪，跳上台去，小脸气得通红，却不知道从哪里说起。

彭大叔和乡亲们鼓励他说："伢子，说吧，把你小小年纪所受的苦处，都说出来！把你爸爸、妈妈是怎么死的，都说出来，让这些吃人不吐骨头的恶霸听听，听听他们的所作所为，让他们看看自己是人不是人！"

"是呀，说吧，孩子，共产党、毛主席会给我们做主的！"

于是，小雷锋就像水库打开了闸门一样，把压在自己心头的苦水、委屈和愤怒，一股脑地倾倒了出来。

在这场暴风骤雨般的斗争中，在穷苦乡亲的控诉声中，在无数血淋淋的事实面前，小雷锋渐渐懂得了一些道理。

这个翻了身的苦孩子，经常打着竹板，和其他儿童团员一起，为穷苦的百姓演唱歌曲，宣传革命的道理。

在分配土地的时候，按照政策，小雷锋虽然是一个孤儿，却也分到了两块土地；在分配斗争果实时，农会又给了这个苦孩子特别的照顾，他分到了新被子和新衣服等日常用品。

一个孤儿，真实地享受到了新中国带给他的幸福、温暖与欢乐。

所有这一切，也使小雷锋深深懂得了，穷苦人只有跟着共产党和毛主席走，才能有幸福的好光景！

仲夏时节，蝉声悠扬，稻花飘香。

成群的禾花雀在稻田上飞翔。天空蓝得像透明的玻璃一样。

一九五〇年夏天，雷锋已经十岁了。

在党和人民政府的关怀与帮助下，雷锋背起崭新的书包和课本，开始上小学了。

宽敞明亮的小学校，向雷锋，向那些翻了身的农民的孩子，敞开了大门。

这在过去那些年月里，是雷锋想都不敢想的事情。

那时候，他只能远远地站在打柴、放牛的山坡上，眼巴巴地看着有钱人家的孩子去上学，可是，那时候他连活命都成问题，哪里还敢想去读书识字！一个穷孤儿要想踏进学校的大门，真比登天还难呢！

只有在共产党、毛主席领导下的新中国，像雷锋这样的苦孩子才能挺直腰板走进学校，坐在明亮的教室里学习文化知识。

而且，党和政府还给了他无微不至的关怀和照顾。

开学第一天，老师发给雷锋两本崭新的课本，还有本子和铅笔。

雷锋看到别的小伙伴都在交书费和学费,便也把过春节时彭大叔给他的一点儿压岁钱拿了出来,双手交给了老师。

这时候,老师却笑着说道:"孩子,你不用交学费,你是个孤儿,你免费在这里读书……"

"我……我……"雷锋顿时感动得鼻子发酸。

"不要难过,孩子,党和政府都为你考虑周到了,这都是共产党、毛主席的恩情啊!你要好好念书,做毛主席的好学生啊!"

"共产党!毛主席!"

当雷锋翻开课本第一页,看到了毛主席慈祥的面容时,他激动得说不出话来,只在心里默默地下定了决心:毛主席啊,请您放心吧,我一定好好学习,长大了好报答您的恩情……

从此以后,雷锋再也不认为自己是一个孤儿了。

因为共产党就是他的亲爹娘啊!

那时候正是新中国成立初期。

雷锋的家乡和全国许多刚刚解放的地方一样,学校并不多。

中华先锋人物故事汇 雷锋

雷锋读书的那所完全小学，在离家十五里远的清水塘。每天，天刚蒙蒙亮，雷锋就会早早地起来，洗干净脸，背上书包，赶那么远的路去上学。

只要有学上了，他每天心里都是乐滋滋的，有时连早饭也顾不得吃就直奔学校去了。

每天早晨，他比所有同学都来得早，总是第一个走进教室，然后放下书包，擦黑板啦，抹窗户啦，整理桌子和板凳啦，一刻也不肯闲着。

星期天不上学的时候，他就上山砍柴或下田干农活，小小年纪就学会了所有庄稼活。

雷锋酷爱学习，即使干活，身上也总带着书本，干活累了，坐下休息时，他就抓紧时间看书认字。

小伙伴们都羡慕他，觉得雷锋头脑聪明，很会学习，学习成绩总是那么好。

雷锋说："哪里是我头脑聪明，我是'笨鸟先飞'，不愿意白白浪费时间。多认一个字就多了一点儿积累。"

他不仅学习成绩很好，而且很热爱劳动，喜欢热心帮助有困难的同学。有的同学遇到弄不明白的问题,都愿意来问雷锋。他们觉得,雷锋也像他们的"小先生"一样,懂得的事情就是多。

少先队员

一九五四年秋天,雷锋在清水塘完全小学光荣地加入了中国少年先锋队。

这一天,在隆重的入队宣誓大会上,辅导员给他戴上了鲜艳的红领巾,告诉他说:"红领巾是红旗的一角,是无数革命先烈的鲜血染红的,新中国的少先队员,一定要用自己的实际行动,保持红领巾的鲜艳和美丽……"

雷锋把这些话牢牢地记在了心里。

他经常对同学们说:"少年先锋队就要起到模范带头作用。我们是新中国的少年儿童和少先队员,一定要好好学习,学好了本领,长大了好建设我们的祖国。"

他每天都佩戴着美丽的红领巾去上学，晚上回家就把红领巾叠得整整齐齐的，放进书包里，绝不让一点儿灰尘沾在红领巾上。

人民政府给他的一件白衬衫，是他看得最珍贵的一件衣服。

夏天，这件衣服就成了他专门佩戴红领巾的"礼服"。

有一次外出过队日，雷锋负责举着少先队队旗。

不料，中途忽然下起了大雨。雷锋生怕雨水淋湿了队旗，就赶紧脱下自己的衣服包住旗子，自己全身被雨水淋透了也毫不在意。

他说："我们戴的红领巾，我们举的队旗，都是革命先烈用鲜血染红的，所以我们应该格外爱护才行！"

大雨过后，他带领同学们唱起了少年先锋队队歌[1]：

---

[1] 这是1950年4月由郭沫若作词，马思聪作曲的《中国少年儿童队队歌》，1953年8月更名为《中国少年先锋队队歌》，直到1978年10月，队歌才变更为《我们是共产主义接班人》。

少先队员

我们新中国的儿童,

我们新少年的先锋,

团结起来,

继承着我们的父兄,

不怕艰难,

不怕担子重,

为了新中国的建设而奋斗,

学习伟大的领袖毛泽东!

在清水塘完全小学期间,雷锋多次受到老师的表扬和奖励,并被选为中队委员。

一九五五年上学期,雷锋转到离家四五里远的荷叶坝中心完全小学读书。

当时,这所学校里只有四名少先队员,正在筹备建立少先队组织。

雷锋来到这里后,很快就成了建队积极分子。

他给同学们宣传少先队章程,教他们怎样写入队申请书。

他以自己为例子,讲应该怎样从小事做起,最后成为光荣的少先队员。

对一些思想上还存在模糊认识的同学，他耐心地启发他们的觉悟，告诉他们说："我们是贫雇农的儿子，要争取入队，争取进步。"

雷锋也用自己的实际行动，为同学们做出了好的榜样。

凡是少先队交给他的任务，他总能很好地完成。

有一次，少先队到长沙市烈士公园过队日，队组织交给他的任务是打大鼓。

他小小的个子，背着一面大鼓行走几十里，很是吃力。

走了十几里路后，他累得满头大汗，衣服都湿透了。

辅导员发觉后，要找别的同学替换他，他说："不累不累，这是少先队交给我的任务，应该归我完成。就是再苦再累，我心里也觉得甜甜的呢。"

他坚持着把这面大鼓背到了烈士公园。

雷锋在成长。他把旧社会留给他的痛苦，把新社会带给他的快乐和幸福，都牢记在心里。

他永远也不会忘记这一切。

他后来在自己的日记里曾这样写道:

"我们绝不能'好了疮疤忘了痛',应该'饮水思源',想想过去,看着现在,我们都不能不以革命的名义来对待一切事业。"

青翠的小树

冬去春来，万物复苏。

就像一棵经过了严冬风霜之后而变得格外青翠的小树，雷锋在新中国和新时代的阳光下茁壮成长着。

一九五五年下半年，雷锋已经是一名六年级的学生了。

这一年，乡里组织了农民扫盲识字运动，决定把从来也没有进过学堂的爹爹、婆婆和中青年村民都号召起来，参加夜校和识字班，在每一个村子里都扫除文盲。

消息传开后，人们的积极性可高了，报名十分踊跃。

可是，难题也接着出现了：

农村里上过学的人毕竟不多，要开办这么多的夜校和识字班，到哪里去找那么多的老师呢？

一时找不到老师，可把乡长和村干部们急坏了。

雷锋知道了这个情况后，就和同学们商量说："既然这么需要老师，这样好不好？我们白天上学，晚上就分头去帮助乡里教夜校，教那些爹爹婆婆认字……"

"我们……能行吗？"

同学们没有信心。

毕竟他们还都是十几岁的孩子。

再说，上夜校的都是村里的大人，万一教得不好，出了洋相，那多丢脸啊！

还有，在家里都是小孩子听大人的，现在，要由这些小孩子给大人们当先生，他们能听孩子的话吗？

"肯定能行的！我们都念六年级了，教他们认字读书，这事我们完全能够做到的，我们要争取去做。"

于是，雷锋去找乡长，请求参加夜校，帮助农民识字。

乡长一听，觉得这个主意好，如果能顺利进行，可是解决了眼下的一个大难题啦！

这样，在乡党支部的鼓励和帮助下，乡夜校办起来了。

夜校的教室设立在黄花塘钟二婶家的堂屋里。

前来学习的"学生"，主要是那些在旧社会没有机会上学的小伙子和大姑娘，还有一些热心的爹爹和婆婆。

每天放学回家，雷锋一吃过晚饭，就匆匆地跑出去，和别的"小先生"一起，一家一家地去动员，希望来上课的"学生"越多越好。

有时候，别的"小先生"遇到了什么困难，雷锋总是鼓励他们增强信心，继续干下去。

小小的夜校可热闹啦！

雷锋在简易的黑板上，工工整整地把自己上学时第一课学会的"毛主席万岁"写下来，一个字一个字地教给乡亲们。

他是那么认真，念完了，再教他们学着写：一撇，一横，又一横，然后是竖弯钩……

雷锋教得仔细，乡亲们也学得有劲头。很快，这些过去的"睁眼瞎子"都能写出"毛主席万岁""共产党万岁"等汉字了。

那时，夜校和识字班没有固定的课本，教什么，怎么教，都得"小先生"们自己想主意。

雷锋想出的主意最妙。他把农村里人们常用的一些字、词和俗语，编成了一些顺口、好记的顺口溜，什么"钟二叔打车子，一车二百斤"啦，什么"李家婶婶插田，三天两亩地"啦，还有"白菜萝卜，扁豆黄瓜"啦……反正都是村民们喜闻乐见的内容。

夜校的效果一天天地显示出来了。农民学文化很快就成了一种风气。不识字的开始识字了；不会算账的，也会算账了。

这年年底，县里组织了一次各乡夜校检查评比。

结果，雷锋他们教的这所夜校，被评为全县夜校的头名。

乡长把一朵大红花戴在了雷锋的胸前。

乡亲们都亲切地叫着雷锋的乳名,称赞说:"庚伢子这个'小先生',真是名副其实哩!好了不起啊!"

雷锋却不好意思地摇摇手说:"这哪里是我的功劳,都是乡亲们自己努力肯学的结果嘛!"

小鹰展翅

在雷锋的家乡,还流传着许多美丽的小故事,都发生在他念小学的日子里。

其中有一个关于草鞋的小故事,发生在一九五四年。

这一年,湖南要整修洞庭湖。因为一遇到暴雨季节,洞庭湖就会泛滥成灾,威胁着人民的生命财产安全。

省政府号召全省人民有力的出力,有钱的出钱,大家都应该支援重点水利建设。

政府这么一号召,全省上下都迅速行动了起来,有的捐钱,有的送米送柴,到处都掀起了支援整修洞庭湖的热潮。

雷锋想，自己是个孤儿，吃饭穿衣都是乡政府负担的，拿不出什么东西来支援水利建设事业，怎么办呢？

有一天，他从读报课上听到这样一条消息：

为了抢时间、抓质量，赶在汛期到来以前修好洞庭湖的水利工程，许多民工常常在草鞋供应不足的情况下，赤着脚在工地上奔波和劳动。

这个细节使雷锋陷入了沉思。

他想，民工伯伯们为了人民的利益，这么辛苦地劳动，有时连一双草鞋都穿不上，我不是从小就学会了编织草鞋吗？为什么不能帮助他们多编织几双草鞋呢？

于是，那些日子里，一放了学，雷锋就利用从同学家借来的草鞋耙子，坐在家里专心致志地编织草鞋。

一开始，他把编织好的草鞋送到乡政府陈秘书办公室时，陈秘书笑着说："太小了，也太松了，像水爬虫一样，你以为民工叔叔们的脚板也像你的一样小吗？"

雷锋顿时羞红了脸，赶紧回家重新编织。

他还特意跑到黄花塘公路旁边一个最会编织草鞋的老爹爹那里，请他教自己怎么把草鞋编得结实耐穿。

老爹爹弄明白了雷锋的意图，就夸奖他说："好啊，小小年纪就晓得替政府分忧，为国家着想，真是毛主席教育出来的好伢子啊！"

雷锋认真地跟着老爹爹学编草鞋。

他一边帮老人家添草，一边仔细地看着老人家怎么编，把该注意的事项都默默地记在了心里。

经过一些时候，雷锋的草鞋越编越好了。

他经常熬到半夜，宽大的草鞋编织了一大堆。

这一次，当他把自己编织好的草鞋再送到乡政府时，陈秘书惊奇地说道："好了不起啊，庚伢子！你是变戏法变出来的吧？编这么多草鞋，没有累坏身体吧？"

"当然没有啦！"雷锋乐滋滋地说道，"一想到民工伯伯能穿上草鞋挑土挑泥了，我也就浑身都是劲头了。"

陈秘书夸赞他说："好孩子，你知道吗？你这是在编织着对整修洞庭湖的民工们的深情厚谊，在编织着对祖国建设事业的诚挚的爱啊！"

一九五六年上学期，望城县安庆乡荷叶坝中心完全小学第一届第一班，全班四十七名高小学生，就要毕业了。

雷锋作为毕业班的优秀代表，在毕业典礼上登台发言。

那天，他穿着崭新的学生服，把红领巾系得整整齐齐，对着坐在台下的老师和同学，真诚地讲道：

亲爱的老师、同学们：

我们小学毕业了。基本教育受完了，大家很高兴。感谢党、毛主席和老师。

我们今天毕业真高兴，大家比我更高兴，能升入高一级学校学更多知识，更好地建设祖国。

我响应党的号召，去当新式农民——做个好农民，驾起拖拉机耕耘祖国土地，将来要做个好工人建设祖国，将来要做个好战士，拿起枪用生命和鲜血保卫祖国，做人民英雄。

同学们，让我们在不同的岗位上竞赛吧！老师们，看我的行动吧，我一定要做个英雄。

祝老师健康！

当时，全班有三十多名同学升入了望城县一中，继续学习。

本来，乡政府也打算让雷锋到县里继续念中学，但由于当时农村知识青年很缺乏，乡亲们都希望雷锋留在乡里，一边做个新式的农民，一边发挥他的知识才能，为家乡做些文化方面的事情。

那时，全国的农业合作化运动正在蓬勃兴起，祖国各地的工业建设也在大规模地展开，火热的生活在召唤每一个有志向的青年人。

许多知识青年离开学校后，都纷纷加入祖国的工农业建设行列之中。

雷锋，也像一只刚刚展开翅膀的小鹰，多想到更远的天空飞翔！

毕业后，他没有继续到县城里学习，而是直接参加了革命工作。

他担任了乡政府通信员，兼任简家塘生产队的记工员。

在当时,这是一份人人都很羡慕的工作。没有一定的文化知识,可是做不来的!

他替乡政府送公函,送通知;他帮助乡政府搞统计,制表格;农忙季节,他白天和社员一起下地出工,晚上就在灯下记工分、参加学习。

只要是他能干的工作,他都主动地找来干。

因此,大家对他的工作很满意。

当地群众都说:"小雷到了乡政府以后,乡政府都变了样。"

他们的意思是说,雷锋把笑声、歌声带到了他所到的每一个地方。

就在雷锋当通信员和记工员的日子里,他参加了高级班夜校学习,被评选为"学习积极分子"。

他的勤奋、扎实的工作作风,赢得了干部和群众的一致好评。

不久,雷锋就被调到中共望城县委会办公室当了一名公务员。

这时候他已经十六岁了。

他的人生履历,从此又展开了新的一页。

他后来在一篇日记里写道:"青春啊,永远是美好的，可是真正的青春，只属于这些永远力争上游的人，永远忘我劳动的人，永远谦虚的人！"

他是这样想的，也是这样做的。

白天，他忙着工作；晚上，就在机关业余中学参加学习。

他在县委会里，手脚勤快，工作得有条有理，从不拈轻怕重。

他对自己严格要求，对公家的财物也十分爱护。每一次购买"公债"时，他都积极带头，被同志们评为模范。

那时候，雷锋经常跟着县委张书记一起下乡。

张书记也很喜欢这个有着圆圆脸庞的小同志，一口一个"小雷同志"地称呼他，显得十分亲切。

雷锋也觉得，张书记就好比自己的亲人一样。整个县委大院，也像一个温暖的大家庭。

平时，雷锋给张书记送信、送文件；一有空闲，张书记和县委其他几位领导就会拉着雷锋问长问短，关心他的冷暖和进步，或者给他讲一些战争年代的斗争故事和革命道理。

在党的阳光雨露的滋润下，雷锋在思想上迅速地成长着,在生活上也过得十分快乐和幸福,每天好像有着使不完的劲儿。

张书记下乡,他跟着下乡;张书记开会,他跟着开会;有时,张书记在夜间工作,他就在一边为他送水端茶。

张书记经常给他讲一些革命故事。

有一天,张书记讲完故事,对他说道:"小雷同志呀,现在咱们过上了好日子,可是打江山容易保江山难啊!为了使我们的红色江山永不变色,你一定要好好工作,努力学习,争取做一个共青团员和共产党员,更好地去为人民服务,保护咱们的胜利果实,为革命事业做出更多的贡献。"

雷锋使劲地点着头,把张书记的这一番话牢牢记在了心中。

从此,雷锋在日常工作中更加严格要求自己,处处留心向县委的老同志学习。

有一天,雷锋跟着张书记一起出去开会。

走着走着,雷锋看见路面上有一颗小小的螺丝钉。他并没在意,走上前踢了一脚就走开了。

张书记也看见了,却回过头来,不声不响地

走过去，弯下身子把这颗螺丝钉捡起来，装进了衣袋。

雷锋感到很奇怪，一个县委书记，捡一颗小小的螺丝钉有什么用场？

几天之后，张书记派雷锋到县农业机械厂去送一封信。

临去前，张书记掏出那颗螺丝钉，让雷锋顺便带给机械厂，然后告诉他说："小雷呀，国家现在底子还很薄，我们要搞建设，就应该艰苦奋斗，勤俭节约。可不要小看一颗小小的螺丝钉，大机器上缺少了它可不行呢。滴水能积成河，粒米可积成箩呀！"

"原来是这样啊！"雷锋瞪大眼睛，望着张书记。

他从张书记身上，看到了共产党勤俭节约的优良传统。

从此以后，他在日常生活中不再乱花一分钱，不再浪费一张小纸片。他把节约下来的钱，哪怕是一个分币，全都悄悄储存了起来。

温暖、愉快的工作环境和生活氛围，特别是同事们温暖、朴素和亲切的友爱与关怀，使雷锋越来越真实地感受到，新旧社会真是两重天啊！

他后来在《党救了我》这首诗最后，这么回忆他在县委机关工作这段日子的心迹：

难忘的一九五六年最后一天，
我站在团旗下面，
举起右手向团宣誓。
我念完了高小，
踏进了望城的县委机关，
我要好好工作、听党的话，
为祖国发出热和光。

一九五七年二月八日，雷锋光荣加入了中国共产主义青年团，成了一名光荣的共青团员。

光荣的共青团员

时光的脚步，向着一个又一个明天迈进。

雷锋的人生理想，也在向着一个又一个高峰攀登。

让我们继续往下讲述共青团员雷锋的故事……

望城县近郊，有一条宽阔的大河，名叫沩河。

新中国成立以前，一到夏季的汛期，这条大河经常泛滥成灾。

洪水给沩河两岸人民的生命财产带来了很多危害。

一九五七年秋末冬初，望城县委县政府决定治理沩河，完成一个彻底根治洪灾的水利工程。

许多青壮年都报名加入了治理洪灾的第一线。

雷锋在县委机关里也早就坐不住了。

他先后三次报名，要求离开县委机关，投身到工程的第一线去。

最后，县委办公室看他心情恳切、态度坚决，就同意了他的请求。

在治沩河工地上，雷锋发挥了一个年轻的共青团员的模范带头作用，每天总是生龙活虎地工作着，任凭劳动强度多大，也从不叫苦喊累。

他高高地卷着袖子，挽着裤腿，挑泥、运土，好像有着使不完的劲。在他的带领下，许多共青团员和要求进步的青年，苦干加巧干，成了工地上一道最引人注目的劳动风景。

因为雷锋工作认真，吃苦耐劳，最后在工程竣工、评功大会上，他被评为治沩河工地"劳动模范"。

第二年春天，紫燕呢喃的时节，又一个振奋人心的建设消息传来：

县委决定在辽阔的团山湖开办一所农场。这是建设家乡、改造家乡的又一个美丽和宏伟的工程。

当时，因为县里的建设资金不够，共青团望城县委响应党委的号召,动员全县青少年捐献出各自一点一滴的积蓄,争取能够用捐献出的钱去购置一台拖拉机!

雷锋听到这个消息,真是高兴啊!

他二话没说,赶紧跑回宿舍,把自己省吃俭用节约下来的那点钱,一分不留,全部捐献了出来。

他捧着自己的积蓄,对团支部书记说:"党每月给我的钱,我花不完,也舍不得多用一分一厘。现在,全捐献给农场,用于购买拖拉机吧。"

当时,雷锋的捐款,在全县青年团员及其他青少年中是最多的一个。

张书记得知了这件事情,非常高兴,就故意问雷锋:"小雷,听说你把自己的钱都捐献出去买拖拉机了?你难道……"

"怎么,张书记,我这样做……有什么不对吗?"雷锋见张书记的脸色有点严肃,就反问道。

"对是对,可是,你难道不想为自己的将来做一点儿准备,留下一点儿以备急需……"

"不需要,国家的急需、政府的急需,比我个人的急需更重要,所以我……"

"好小子！"张书记听雷锋这么一说，高兴地拍着他的肩头说，"到底是一名共青团员啊！有进步，有进步！了不起，了不起啊！做得好，就应该这样！这表明了你对社会主义建设的热情……"

"不，张书记，和刘胡兰、董存瑞、黄继光那些英雄人物相比，我还差得很远呢！我愿意在以后的日子里，事事以他们为榜样！"

张书记听了，眼睛一下子就湿润了。

多好的青年人啊！我们的红色江山，不依靠他们还依靠谁呢？他想。

"不过，现在言归正传，"张书记说，"县里打算让你去学习开拖拉机，如何？"

"开拖拉机？"

雷锋一听，心里顿时乐开了花。

是啊，驾驶着我们自己的"铁牛"，轰隆隆地奔驰在我们自己的国营农场的田野上，耕耘着祖国肥沃和辽阔的大地……

这是多么令人向往的工作啊！

不过，一想到这样一来，他就必须离开像亲人一样的张书记了，他是多么舍不得啊！

张书记看出了雷锋的心思，就笑着说："翅膀长硬实了，就应该展翅高飞嘛！都是干革命工作，在不同的岗位上为人民服务，又不是什么生离死别……"

就这样，一九五八年春天，正是春风浩荡、春汛奔腾的时候，雷锋来到了一个崭新的劳动战线——团山湖农场。

他在这里成了一名光荣的拖拉机手。

当他第一次坐进高高的拖拉机驾驶台的时候，他那个兴奋和激动啊，简直无法形容。

以前他只在苏联电影里看到过那些英姿飒爽的年轻的拖拉机手。

想不到，现在他也要亲自驾驶自己的"铁牛"了！

他开始一点一滴地跟着上面派来的驾驶员师傅学习拖拉机驾驶技术了。

他学得真是认真仔细啊。操作方法、拖拉机各部分的名称、保养要点……一点一滴他都牢记在脑子里。

回到宿舍他还仔细地写在本子上，生怕漏掉了什么。

终于可以自己驾驶了!

那一刻,雷锋的心突突地跳得很快,生怕发动不起来。那么多人都在看着他啊!

他又怕自己力气不够,把不稳方向盘,甚至怕转不成弯,找不准方向,或者刹不住车。

他的心情真是又紧张又兴奋,手脚不由自主地颤抖起来。

师傅鼓励他说:"不要怕,小雷,要勇敢些,你能行的!"

他长长地舒了一口气,就开始发动拖拉机了。

果然,当他把油门加大,把离合器向上一推,拖拉机就轰隆隆地开动了。

一开始,拖拉机并不完全听他指挥,总想转弯似的。

不过,不一会儿,雷锋的心情就平静下来,手脚也不发抖了。

拖拉机就像一头犟牛,终于被他驯服得俯首帖耳,完全由他使唤了……

从此以后,雷锋就成了望城县团山湖农场的一名名副其实的优秀拖拉机手。

他驾驶着"铁牛"纵横驰骋在团山湖农场的田野上。

在风雨中,在朝霞里,在阳光下,在晚霞里,在星光下……他幸福和快乐地耕耘着祖国的大地。

他的青春,他的理想,他的热情,他的希望,也随着他的汗水,挥洒在广阔的土地上。

不久,他怀着激动的心情,给《望城报》写了一篇《我学会开拖拉机了》的散文,向乡亲们报告了一个苦孩子成了一名拖拉机手的经过。一九五八年三月十六日,《望城报》登出了这篇文章。文章最后这样写道:

今天,真有很大的收获,过得真有意义。下班以后,脑子里一个转又一个转地想着。吃饭的时候,还好像坐在拖拉机上似的,不停地摇晃着;拿起筷子,像握住拖拉机的操纵杆一样,随手拽动;两只脚像踏在"刹车"和"油门"上,自然地踏动着。我在想,今天这样的幸福,不是党的培养,又是哪里来的呢?

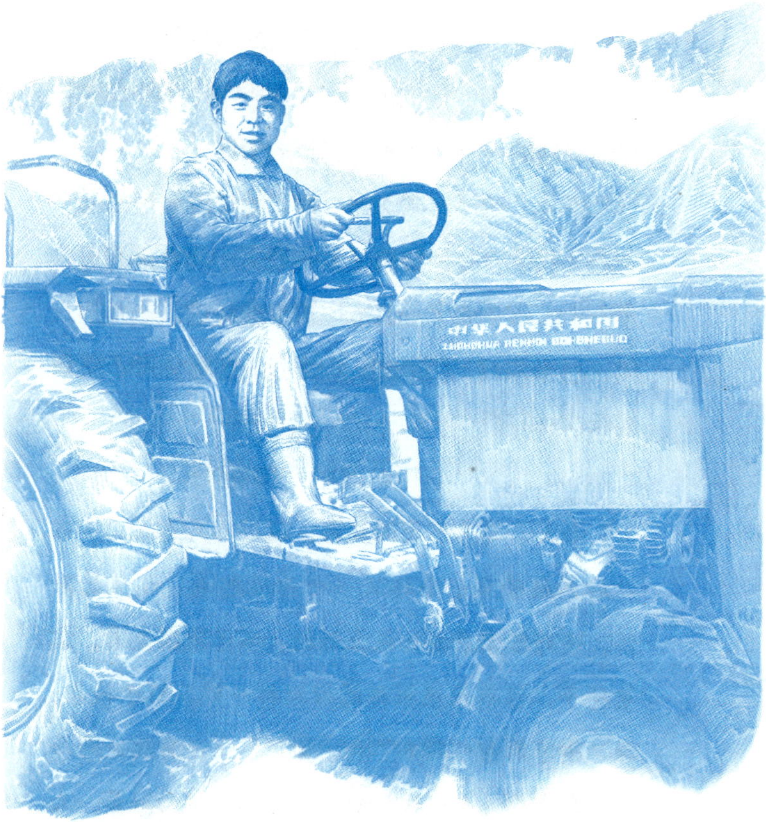
中华人民共和国

我一定要以实际行动,来报答党对我的亲切关怀和照顾。一定努力钻研,勤学苦练,克服一切困难,忘我地工作,争取做望城县第一个优秀的拖拉机手。

当时,他还在自己的日记本上写了一首很长的抒情诗《南来的燕子啊》,抒发了他对社会主义农场的热爱与赞美之情,寄托了他对伟大的共产党,对祖国的大地,对自己美好的理想与未来的赞美与热爱。

从这首诗歌中,我们也可以看到一个年轻的共青团员的朝气蓬勃、心志高远的精神状态,看到那个时候,中国社会主义建设的火热景象:

南来的燕子啊!
新来的候鸟,
从北方飞到了南方,
轻盈地掠过团山湖的上空,
闪着惊异的眼光。
我听清了呢喃的燕语,

像在问：为什么荒芜的团山湖，
今年改变了模样？

南来的燕子啊！
让我告诉你吧：
团山湖这片未开垦的处女地，
是由于党的巨大的力量，
才围垦成一个新的农场，
是他们——农场的工人们，
用勤劳的双手，
给团山湖换上了新装。

……

南来的燕子啊！
你可不用惊呆。
不是晴天里响起了春雷，
而是拖拉机在隆隆地开；
不是沟渠里的水能倒流，
而是抽水机在把积水排。

为什么草坪上格外喧腾?
那是饲养员在牧马放牛。

南来的燕子啊!
你是这样轻快地飞翔,
许是欣赏这美丽的景象:
蜿蜒的八曲河像一条白银管,
灌溉这片肥沃的土地,
团山湖与乌山对峙,
是天生成的一幅屏障。
这景象是诗情也是画意,
活跃在这诗画般怀抱里的工人,
更是些生龙活虎般的健将。
有的是双手拿惯了锄头,
有的是才放下笔杆才放下枪。
他们豪迈地这样说:
这是一所新的国营农场,
也是一所露天工厂,
还是一个培养红透专深人才的学堂。

……

南来的燕子啊!
你不用再寻旧时代的屋梁,
无论你飞到哪里,
再也找不着你从前住过的地方。
去年这里是荒凉的地方,
今年变成了高大的厂房,
欢迎你到新的农场宿舍里来拜访。
但得请你告诉我,
你可知道你所飞过的地方,
新建了多少这样的农场!

纯真的友谊

如果你是一滴水,你是否滋润了一寸土地?如果你是一线阳光,你是否照亮了一分黑暗?如果你是一颗粮食,你是否哺育了有用的生命?如果你是一颗最小的螺丝钉,你是否永远坚守在你生活的岗位上?如果你要告诉我们什么思想,你是否在日夜宣扬那最美丽的理想?你既然活着,你又是否为未来的人类的生活付出你的劳动,使世界一天天变得更美丽?我想问你,为未来带来了什么?在生活的仓库里,我们不应该只是个无穷尽的支取者。

这是雷锋在团山湖农场工作时,一九五八年六月七日这天写的一段美丽、抒情的文字。正当青春年华的雷锋，和许多同龄人一样，也有自己丰富和细腻的感情世界。

他吃过很多苦，因此更加懂得今天的快乐和幸福的珍贵。他很早就失去了父爱、母爱和家庭的温暖，因此对来自同志的关怀和温情，也更加敏感，更知道珍惜与维护。

一九五八年春天，有一个名叫王佩玲的供销社营业员也来到了团山湖农场参加劳动锻炼，和雷锋工作在一起。她个头儿和雷锋差不多，平时爱笑爱唱的，和雷锋相处得很融洽，雷锋平时和大家一样，都称呼她"小凌"。其实"小凌"还有一个名字叫"黄丽"，雷锋比她小三岁，有时也叫她"黄姐"。

雷锋和黄姐都很喜欢看书，他们看书的兴趣也很一致，像《钢铁是怎样炼成的》《刘胡兰》《卓娅和舒拉的故事》《家》等，他们都彼此交换着读过和讨论过。

雷锋有个小小的藤条箱子，里面装了不少他积攒的图书。

黄姐经常找雷锋借书看，借了一本又一本。

雷锋买到了什么新书，也会及时地向黄姐推荐。

雷锋在《望城报》上发表了文章，细心的黄姐就会特意把它们剪下来，夹在自己的日记本里。

雷锋写出了新的诗歌，她也总是自告奋勇地拿到团员们组织的晚会上朗诵。

有时，她还悄悄给雷锋洗洗衣服、补补袜子、编织手套什么的。

雷锋觉得，有这么一个善良的好姐姐在悄悄地关心着自己，真是幸福啊！

这年夏天，雷锋给小凌（也就是黄姐）写过一封信。信上写道：

小凌：

给你写信的此刻，已经是深夜一点钟，我刚上完班回家，今夜整整忙了四个钟点，我真是很疲倦了。

我拧亮台灯，坐下来给你写信，疲倦就立刻飞去了。宿舍里的人都已入睡。窗外繁星满天，明亮的月光从外面射了进来。在窗内还可以看到田野里成熟的高粱、玉米、稻谷在随风摆动，好像在向我点头，在向我微笑。它们都好像要陪我给你写信似的。我是多么愉快呀，真是高兴极了。

我相信你也会感到如此的兴奋，我有不知多少话要跟你说，却不知从何说起，谈话并没中止，写到这里告一段落。

我们现在看到的是这封没有写完的书信的底稿。

从这封信里，我们也不难想象，年轻的雷锋内心也有自己隐秘和细腻的感情与期待。

秋天来了，农场里一片丰收的景象。

这一天，有人从县招待所给雷锋打来一个电话。

给他打电话的人是招待所的一个服务员，原本是在县委机关当通信员的小张。

原来，鞍山钢铁公司派了个招工小组来县里招收青年工人，现在就住在招待所里。

小张已经和来招工的人谈过了，自己很想报名到鞍山钢铁厂去当工人。他希望雷锋也能和他一起报名。

雷锋听到这个消息后，想到祖国正在轰轰烈烈地进行工业建设，自己要是能成为一名钢铁工人，那么就可以为祖国做出更大的贡献了。

在征得县委领导的支持和农场领导的同意后，雷锋也正式报了名。

填表时，他和小张同时都为自己改了名字。

雷锋原来的名字叫雷正兴。

小张原名叫张稀文。

见雷锋在填写自己的那张表时，在姓名栏里写了"雷锋"两个字。张稀文有点纳闷，就问道："小雷，你写的这是谁的名字？"

"我的呀。我想过了，'雷正兴'是以前的那个孤儿的名字，我早已不是个孤儿了……我想了好久，是用山峰的'峰'字，还是用冲锋的'锋'？现在想好了，干脆到鞍钢去打冲锋吧，所以就决定用冲锋的'锋'字。"

"好响亮的名字！"小张忍不住赞叹说，"唉，从前我家也很穷，我没机会多念几天书，文化水平太低了。"小张接着又说，"干脆你也替我另改个名字吧。我对自己这个名字也不满意。本来文化就少,'稀文',不是更稀少的意思吗?"

"说的也是。"雷锋略一思索,说道,"你看改叫'建文'怎么样?"

"好,就改为'建文'。"

没几天,雷锋要到鞍钢去的消息,很快就在农场传开了。

大家都有点舍不得他离开农场呢!

临别前,那些曾经和他朝夕相处的伙伴,有的拿来日记本请他签名留言;有的找他谈心话别;有的送来柑橘、点心和纪念品。

黄姐就在雷锋临行的前一天,拿来一本墨绿色绸面烫金日记本送给了雷锋。

"小雷弟弟,这是姐姐的一点儿心意,收下做个纪念吧。"

"谢谢黄姐。"雷锋双手接过来,说,"黄姐以后要多多保重!我在北方一定会好好工作,不辜负黄姐的期望。"

"是金子,无论在哪里都会闪光的!姐姐相信你!"黄姐说着,眼睛就有些湿润了。她强忍住眼泪，继续说下去："我在本子上写了几句话给你。明天还要下田干活，就不去送你了。你要好好照顾自己啊……"

雷锋明白，这次分别，不知道什么时候还能再见面。

他翻开日记本，看到了黄姐那娟秀的字迹："亲如同胞的小雷弟弟……希望你在建设共产主义的事业中把自己全部的光和热献给全中国、全世界，让人们都知道你的名字，使人们都热爱你，敬佩你……"

捧着这珍贵的留言，雷锋激动地看了一遍又一遍。在这一刻，他对家乡、对农场、对朝夕相处的伙伴生出了深深的不舍之情，但远方已经在召唤着他了。他的背包已经打好，明天他就要出发，踏上北去的列车了。

他擦了擦湿润的眼睛，在心里说道：请放心吧，亲爱的黄姐，亲爱的农场伙伴们，我会按照你们的期望和祝愿去做的！我不会让你们失望的！

祖国的召唤

这天晚上,长沙车站灯光闪耀。

鞍山钢铁厂在湖南湘潭、长沙和望城招收的青年工人,就要离湘北上了。前来送别的人群,熙熙攘攘,十分热闹。

突然,雷锋在人群中发现了一个熟悉的面孔。

"杨华!"雷锋兴奋地喊道,"哎呀,还真是你啊!你也报名到鞍钢了呀?"

杨华是望城县二中女子篮球队的一名队员。有一次,他们二中篮球队曾和雷锋所在的团山湖农场篮球队打过比赛。

意外的相逢使他们都感到惊喜。

"小雷,真没想到,你在家乡的国营农场干得好好的，竟也报了名到遥远的北方去！"

"你不是也一样吗？"雷锋笑着说，"哪里需要就到哪里去嘛！再说，我这个人打篮球都不服输，现在要为祖国去炼钢，我能甘心落后吗？怎么，你连篮球都带上了？"

雷锋看到杨华手上的网兜里装着一个篮球。

"是啊，没准儿到了那里，还可以组织人打几次比赛呢！"杨华得意地昂起头说。

这时候，张建文也赶到候车室来了。

同车北上的新伙伴们也都陆续到齐了。

雷锋看到，家住长沙市内的人，多半都有亲人前来送行。

在雷锋他们对面，就站着一位前来送行的妈妈。

她一边擦拭眼泪，一边对跟前一个留着短辫的姑娘不停地叮嘱着什么。

姑娘大概也是第一次远离家门，眼圈都哭红了，嘴里还不断地说道："妈妈，您回去吧，快回去吧……"

可那位妈妈仍然舍不得转身离开，就那样默默无言地站着不动，在等待列车开动。

雷锋走过去亲热地叫了一声"大娘"，然后说道："天这么晚了，路不好走，女儿让您回去您就回去吧。您放心，我们这么多人一路走，会互相照应的……"

老妈妈到底让雷锋给劝回去了，姑娘的脸上也露出了笑容。

不一会儿，鞍钢招工小组的一个同志，站在椅子上宣布了旅途注意事项和编组名单。

雷锋被指定为第三组组长。组员有张建文、杨华等二十多人。

雷锋和本小组的伙伴一一打过招呼，逐个给他们分发了车票和旅途生活费。

检票铃声一响，雷锋便招呼本组人员排队进站台。

火车终于开动了。雷锋和伙伴们的心也随着车轮的滚动，而变得激动起来。

他们都明白，故乡，将离他们越来越远了。

而新的岗位、新的生活，正在前方等待着他们，召唤着他们。

第二天上午八时整,列车驶进了武昌站。

大家都很高兴在这里换车。因为这样一来,他们可以在九省通衢的武汉三镇逗留七八个小时呢。

领导安排,各小组的人自由组合去观光游览,然后在规定的时间内返回车站。

雷锋、杨华等人决定一起去看看雄伟的武汉长江大桥。

辽阔的江面上,一桥飞架南北,滚滚长江两岸因为这座公路和铁路双层大桥而变成通途。

望着这雄伟的大桥,雷锋心里感到非常振奋。

"我的天哪!你们看,桥墩上的桥身、桥梁,原来全是钢铁的呀!"雷锋睁大了眼睛,禁不住赞叹道。

"是呀,是呀,全部是用钢铁建造的。这得需要多少钢铁呀!"

"这是我国建成的第一座横跨长江的大桥,听说,今后还要建很多这样的大桥,那样就会需要很多的钢铁!"

"所以我们要去鞍钢啊!将来呀,说不定哪一座大桥,就是用我们炼出的钢铁建造的呢!"

"说得对呀!那个时候,我们该有多么自豪啊!"

你一句、我一句地说到这里,这些年轻人不由得交换了一下眼神,似乎在互相鼓励着:

鞍山啊,我们来了!

我们就要成为真正的钢铁工人了!

列车载着这些满怀憧憬的年轻人,继续北行,北行……

一路上,彩旗飞扬,灯火闪烁。

雷锋坐在车窗边,望着窗外飞快闪过的田野、村庄、树林和城镇,心情一直难以平静。

他的心在向着北方飞驰,恨不能一瞬间就到达目的地——鞍山。

铁流滚滚

汽笛,对着初升的朝阳,
情不自禁地高声歌唱,
迎接英姿焕发的工人走进工厂。
啊,钢铁的心脏——鞍钢,
为了祖国的工业化,
你永远不知疲倦地繁忙。
你那高大的厂房,
建筑在数十里的土地上。
红彤彤的铁流,
像滚滚的长江水一样,
昼夜不停地奔忙。
如果谁要是在远处瞭望,

就能看到鞍钢全部的景象：

从森林般的大烟囱里，

吐出一股股黑黑的浓烟。

夜晚像无数条火龙在闪闪发亮，

把浓烟映得像五彩缤纷的彩云一样。

在这浓烟下面，

就是我们工作的厂房。

呀！真仿如神话般的天堂，

这里的工厂主人，

都在日以继夜地繁忙，

热情地歌唱。

歌唱我们的新生力量，

歌唱我们的厂房……

这是雷锋离开自己的家乡，来到东北的鞍山后写的一首诗歌《我可爱的工厂》中的句子。

第一次走出县城，来到大城市，第一次离开农业战线，来到工厂，来到一个大型的工业基地，雷锋感到一切都是那么新鲜。

"我的天哪！我们的鞍钢真是大啊！"

看着"钢都"宏伟的建筑、连绵的厂房和高耸入云的一座座烟囱,雷锋不由得发出了一声惊叹。

鞍钢的老工人们敲锣打鼓,迎接这批新工人。

为了让新来的同志熟悉自己的工厂,厂里先安排他们到各个车间、工地参观了一次。

在冶炼车间,雷锋看到工人师傅个个挥汗如雨,站在通红的炉门前挥舞着钢钎,争分夺秒地在工作着,不禁深为感动。

"师傅,学会炼钢需要多长时间?"雷锋向一位工人师傅请教说。

"专心学,用不了多久就能学会。"师傅好奇地问道,"小同志,莫非你想到咱们冶炼车间来?"

"当然想啊!就怕不够资格呢!"雷锋说,"我要能争取来这里工作就好了。"

"欢迎你来,欢迎你们都来!只有拿起这长长的钢钎,戴上这蓝色的探火镜,才算个钢铁工人嘛!"

"师傅,您说得太好了!我们一定来!"

可是,最终分配工种的时候,人事部门考虑到雷锋原来开过拖拉机,有驾驶技术,就把他分配到了鞍钢化工总厂洗煤车间，当了一名推土机手。

没有能够直接拿起长长的钢钎，站在通红的火炉前炼钢，雷锋心里觉得不那么满足。

来到化工总厂洗煤车间，他见到了车间的于主任。

雷锋坦率地对于主任说："主任，我是一心一意想来当一个炼钢工人的，为什么叫我开推土机？"

于主任是个老工人出身的车间干部，为人很直爽，因此他也十分喜欢雷锋这么直爽的性格。他也很了解这些兴冲冲地跑来，一心想当个"真正的炼钢工人"的小伙子的心思。

于是，他给雷锋解释说："小雷同志，你刚来，显然还不了解炼钢的复杂过程，也不知道大工业生产中各个环节的联系性。你不知道，开推土机也是炼钢工作的一部分呀！"

"什么？开推土机也是……炼钢的一部分？"雷锋有点茫然地问。

"是呀，就拿咱们洗煤车间来说，每天都会从外面运来大量的煤，需要我们把煤先炼成焦炭，有了焦炭，才能炼出铁来哪！"

"什么什么？主任，请您仔细讲讲。"雷锋睁大了眼睛。

"我们在这个车间，把煤炼成焦炭时产生的煤气，输送到整个炼钢厂。有了充足的煤气，钢才有可能炼出来啊！这种大工业生产，就像一架大机器，每一个车间和每一个工种，就像这台机器的一个零件，一颗小小的螺丝钉，谁也离不了谁。你想，机器缺少了螺丝钉，还能转动吗？"

机器，零件，螺丝钉……

雷锋感到这些话很耳熟啊。

对了，以前张书记不就是这样说过的吗？自己怎么把它忘掉了！

干革命工作，怎么能够挑挑拣拣的？一个真正的革命者，不就是要做一颗革命所需要的螺丝钉吗？

想到这里，雷锋明白了。他豁然开朗，快快乐乐地登上了高高的推土机的驾驶座。

从这一天开始，他就专心致志地向老师傅学习开推土机的技术。

每天上班，他总是提前来到现场，先帮助师傅做好准备工作，省得耽误师傅的时间。

师傅开车的时候，他站在一旁给师傅引路，一面仔细地观察师傅的操作。

有时，一列车煤被推完了，新的煤车还没有来到，推土机就得等待一会儿。煤场在露天作业，天冷的时候，雷锋总是催促师傅说："师傅，您到屋里去暖和暖和，机子我来掌握着。"

有时，会正好碰见别的师傅在检修机器。每当这时候，他即使已经下了班，也不愿意马上离开。

他觉得这是学习技术的最好的机会。他总是走过去帮着做这做那，趁机学一些修理技术。

有一次，雷锋驾驶的那辆推土机的油泵出了毛病。

检修的时候，一般都是由师傅动手，徒弟在一旁打下手，递递扳手和零件什么的。

雷锋却主动提出："师傅，可不可以让我试试？"

"你？能行？可是你没有学过检修啊！"师傅满脸的怀疑。

"试试嘛！没听人家说过吗？'名师出高徒'……"

"好，那好，那就请'高徒'试试看。"

于是，雷锋请师傅在一旁指导，自己代替师傅钻到车底下去检修。

不一会儿，一切都检修完了。

雷锋请师傅去检查验收，竟然全部合格！

师傅惊奇了："好小子！不赖呀！打哪儿学的？真了不起！"

雷锋很快熟悉了推土机的性能，学会了修理。

师傅们见他这么勤快，又这么好学，就更加尽心地教他，爱护他。师傅们都亲切地唤他"小雷子"。

雷锋热爱自己的工作，热爱自己的工厂。

这一年，他在日记本上又写下了一首诗歌《我可爱的工厂》，抒发了他对鞍钢的热爱，以及作为一个社会主义新工人的自豪和骄傲。

小渠流向大江

像许多正处在青春期的年轻人一样,雷锋是个十分爱美的青年。

下班之后,有时候年轻的伙伴们脱下工作服,洗完澡,都换上了漂漂亮亮的衣服,走出工厂,进城上街了,或看看电影,或逛逛公园,享受着生活的美丽与乐趣。

雷锋平时生活很朴素,没有什么衣服可以换的。他的衣服除了工装还是工装。

有的伙伴对他说:"小雷,你一个快乐的单身汉,又不是没有工资,买件时兴的衣服穿穿吧!别把自己弄得像个老工人似的,一点儿青年人的样子都没有。再说了,这里可不是团山湖,是鞍山,是城市，假日出去玩，应当有一两件像样的衣服。"

起初，雷锋没有在意这些话。可是过了几天，雷锋看看自己原有的旧衣服，再看看这美好的城市，也觉得有些"不相称"了。

犹豫了许久，他才下定决心，拿出一点儿积攒的钱，到百货公司买了一件黑色皮夹克和一条当时很时兴的"料子裤"。

回到宿舍，他高兴地对着镜子打扮起来。

可别说，雷锋那年轻英俊的脸庞，健康的身体，配上黑色的皮夹克和新裤子，看上去真是非常精神，是个帅小伙子！

他还特意兴冲冲地跑到当地的照相馆，拍了一张穿着皮夹克的照片，作为纪念。从那张照片看上去，雷锋真是一个充满了青春朝气的小青年。

"瞧啊！咱们的小雷子也漂亮起来了！"同宿舍的小伙子，见雷锋穿上了时兴的衣服，一下变了样，禁不住赞叹道。

雷锋脸上虽然有点不好意思，可心里觉得挺满意。毕竟都是年轻人嘛！爱美之心，人皆有之。

可是不久，党中央向全国人民发出了增产节

约、勤俭建国的号召。

工厂的领导也对工人们做了动员，要求大家发扬艰苦朴素、勤俭节约的好传统。

这天晚上，开完了团小组会，雷锋回到宿舍里，躺在床上翻来覆去地睡不着觉。

他用手指敲打着自己的脑袋："雷锋啊雷锋，你这是怎么啦？你怎么也讲究打扮，讲究起穿戴来了？你怎么差一点把党的艰苦朴素的优良传统给忘了？"

这一夜，他还想了很多很多。

旧社会里苦难的生活情景，也一幕幕地在他眼前晃过。他的心里感到十分羞愧和难过。

后来，他在日记中这样反省：

"螺丝钉要经常保养和清洗，才不会生锈。人的思想也是这样，要经常检查，才不会出毛病。"

为了使自己永远保持思想上的进步，他开始认真地学习起毛主席的著作来了。

毛主席的有些文章他暂时还看不大懂，他就一遍、两遍、三遍地看，再不懂的就请教别人。

他用毛主席的话对照自己的言行，找出其中的差距和不足。

他在日记里写道：

"我学习了毛主席著作以后，懂得了不少道理，脑子里一片豁亮，越干越起劲，只觉得这股劲儿永远也使不败。"

"党的声音，就是人民的声音。"

"听党的话，就会开放出事业的花朵！"

他在另一篇日记里又写道：

"我懂得，一个人只要听党和毛主席的话，积极工作，就能为党做很多事情。但，一个人的力量毕竟是有限的，走不远，飞不高。好比一条条小渠，如果不汇入江河，永远也不能汹涌澎湃，一泻千里。"

不久，因为钢铁生产不断增长的需要，鞍山钢铁公司决定在矿山建设一座焦化厂，需要调一些人到那里去参加基础建设。

"让我去吧！我要求到最艰苦的地方去锻炼自己！"雷锋头一个报名要求到那里去。

事后，有的思想比较落后的工人用嘲笑的口吻说："这个小雷子呀，真是的，到那里去简直就是傻子嘛！吃没好吃的，住没好住处，不给你增加工资，也没有奖励，只有傻子才干这种事。"

雷锋听到这些话，当然非常生气。

他找到这个说"风凉话"的青年，批评他说："你想想你都说了些什么呀！亏你还是一个新中国的青年工人！你说这些话，对得起身上这套工作服吗？大家要是都像你这样'聪明'，咱们的社会主义干脆就不用建设了。党教导我们，哪里艰苦就应该到哪里去，哪里需要就到哪里去。你不是说只有'傻子'才干这样的事情吗？我情愿做这种'傻子'！"

一九五九年八月下旬，雷锋和许多青年伙伴一起来到了新建的焦化矿山工地。

忘我的人

新建的焦化厂矿山工地,在一个偏僻的山脚下,四周一片荒凉。

创业初期,一切都得白手起家。

宿舍还没有盖起来,工人们都住在临时的民宅土房里。

入冬之后,冷风呼呼地刮来,旧房子门窗都不严实,有时大家冻得睡觉都不敢伸直腿。

如果遇上下雨天,雨水漏下来,淋湿了被子和褥子,那么这一晚,你就别想睡好了。

没过多久,有的青年就不安心了,有了一些怨言。

可是雷锋总是乐观地说:"嗨,有个床铺睡,就是福呀!"

当时,和雷锋并排睡的是一位老师傅。有天晚上,老师傅问道:"冷吧,小雷?"说着,老师傅还把自己的被子盖了一部分在雷锋身上。

雷锋赶忙坐起来,把被子还给老师傅,说:"老师傅,我不冷,您自己盖吧。"

"唉,哪能不冷呢!南方小鬼,比不上俺们北方人抗冻。"老师傅又把被子给他盖上了。

这使雷锋深切地感到了生活在社会主义大家庭里的关怀和温暖。

冬天夜长,雷锋睡不着,就和师傅拉起了家常。他说:"师傅,您不知道,小时候我家里穷,我什么苦都受过啊……"

一炕的工人都围过来,听他讲述起童年的苦难遭遇。

工人们没想到这个青年后生遭受过这么大的磨难,听着听着,都忍不住流下了眼泪。

雷锋最后说:"所以呀,想想过去,比比今天,我们不应该有什么埋怨了,我们应该觉得,现在的生活是多么幸福!"

他在日记里曾这样写道：

"我们在建设焦化厂当中，住不好、吃不好和工作环境不好等，这些困难都是暂时的，局部的，可以克服的。只要我们有叫高山低头、河水让路的气概，是没有战胜不了的困难的。"

雷锋是这样想的，也是这样去做的。

在盖宿舍时，打地基用的石块，是大伙从附近拣来的。

可是，盖到最后一幢房子时，附近的石块几乎被拣完了，要到二三里路以外的山上去采运。

因为山路狭窄，用车子去运很不方便，得靠人去背、去挑。

可上山去背，有点"远水解不了近渴"，于是，厂子领导就号召大家再想想办法，最好在附近就地解决。

工地不远处有条河，河水不太深，里面倒是有一些石头。

大伙就纷纷跑去，用二齿钩子往上钩石头。

当时，已经进入初冬时节，河上结着冰碴，大一点儿的石块都在河中间，钩起来很费力。

雷锋觉着这么干太费时间和力气，就三下两下地挽起裤腿，带头踏进没膝深的河水里。

大伙见他下了水，也都毫不犹豫地跟着跳下去。

石料问题很快就解决了。

他青春的生命在冰冷的河水里得到了锻炼。

白天，劳动了一天，到了晚上，同伴们都在土屋里下棋、打扑克。有时，雷锋也陪大家玩玩，但是总有点心不在焉。

他心里在惦记着学习的事情。

"刀不磨要生锈，人不学习要落后。"这是他的"口头禅"。

他收工之后的时间大多用来学习。

他给自己定下了一条规定，每天必须挤出一定的时间来读毛主席的著作。

有时晚间开会，把时间挤掉了，他宁肯少睡一会儿，也要坚持完成自己的"规定"。

有时，老师傅们见他太刻苦，就心疼地劝他说："小雷啊，可不能年纪轻轻的，把眼睛和身子骨搞坏了啊。"

有的师傅也跟着说:"是呀是呀,年轻人,就应该有点出息,多学点文化!不过,书是要读的,身体可不能搞垮啊,身体就是干革命的本钱嘛!"

雷锋说:"感谢师傅们的关心,我会注意的。可是,刀不磨就要生锈的……"说着,他就又埋头看书去了。

一天晚上,雷锋正在专心看书,忽然外面下起大雨来了。

他刚走出宿舍,看到外面已经漆黑一团,暴雨如注。

这时,陈调度员气喘吁吁地赶来,着急地说:"同志们,停在工地的那列火车上,还有七千多袋水泥在露天摆放,要是被雨水一淋,都得变质,得赶快去抢救!"

雷锋一听,二话没说,赶紧叫来了二十几个青年工人,顶风冒雨,赶到现场,给列车上的水泥抢盖席子和雨布。

可是,席子和雨布不够用,还剩下一些水泥没有东西搭盖呢。

这时候,雷锋毫不犹豫地脱下身上的衣服盖在上面，然后又跑回宿舍，卷起自己床上的棉被，拿来盖住了最后的几袋水泥。

……

雷锋的生命，在暴风雨中成长，在祖国工业建设的大军中阔步向前。雷锋的青春，在祖国建设的火红的年代里，闪闪发光。

也是在焦化厂工作期间，有年冬天，一个早晨，青年工人小叶赶早车要到城里去。

他刚一出门就打了个寒战。天气实在太冷了。

小叶把手揣在袖子里，佝偻着身子，正向傍山公路走去。

忽然，小叶看见前边有个人影，个子不高，棉帽子上的两个帽耳也耷拉着，被北风吹得晃来晃去的。那人一手提着粪筐，一手拿着粪铲，一会儿弯下腰去，一会儿站起身来……

小叶想，东北人真是抗冻啊，这么寒冷的天，还起大早拣粪。

可是，当他靠近那人时，不禁大吃一惊，连忙叫道："雷锋！怎么是你啊？"

"早啊，小叶，你要进城去吗？天可冷呢。"

雷锋回答说。

小叶有点奇怪地问道："起早拣粪，难道你要种地？"

"是啊，是为了种地。"雷锋笑着说，"趁早出来拣点粪，支援农业生产嘛。团支部不是号召咱们多给集体做些好事吗？再说，早早起来，也顺便锻炼一下自己的耐寒能力，领略一下北国风光呢！"

雷锋的话使小叶十分感动。他打消了进城去办私事的念头，就帮雷锋提着粪筐，一起拣起粪来。

小叶见雷锋穿的衣服很单薄，就问："小雷，你的棉衣呢？你不冷吗？"

"哦，刚才我看见吕大爷穿得太少，就披在他老人家身上了。"

吕大爷是当地的一个老羊倌。

雷锋在去年春节期间，给当地社员们演节目时，认识了这位老人。

他了解到，吕大爷在旧社会也受过很多苦，新中国成立后翻了身，就不顾年老体迈，天天参加农业劳动，说是要为建设社会主义新农村做贡献。

雷锋打心眼里敬佩这位老人。

所以，今天一早起来拣粪时，正巧遇到了大爷出门，见老人穿的衣服单薄，他就脱下自己的棉袄给老人披上了。

吕大爷说啥也不肯要，雷锋可不答应，争了半天，才硬让老人穿上了。

见小叶有点吃惊的样子，雷锋说："这算什么呢！有什么大惊小怪的？我呀，也有个收获，我这时候才体会到，当你为别人做了点好事时，自己虽然冷点，但心里却是热乎乎的呢。"

光荣的士兵

一九五九年十二月的一天，一辆"解放牌"汽车，满载着参加体检的应征入伍的青年，从苏家小市场出发了。

可是，汽车后面，有一个圆圆的脸庞、个子不高的青年，正紧跟着车尾着急地奔跑着，生怕被车子甩远。

这个青年人就是雷锋。

事情得从前一个月说起。原来，新的一年的征兵工作开始了。

一九五九年十一月，辽阳县兵役局的人来到雷锋所在的焦化厂征兵。

十二月三日，矿山党总支书记向青年们做了征兵动员报告。

从那一刻起，雷锋的心情就再也没有平静过。

他没有忘记，在家乡，刚解放的时候，他就曾经要求过，想参加人民解放军。

可是那时候，部队嫌他年纪小，没有接受他的请求。

现在，他已经十九岁了，年龄早就够了。

当一名光荣的解放军战士，手握钢枪，保卫祖国的美丽江山，保卫我们的红色政权，这不仅是一种无限的光荣，也是每一个新中国青年应尽的义务。雷锋这样反复地想着，整夜整夜地难以入睡。

当然，他也想到了，自己所在的这座新建的工厂，眼看就要投入生产，一旦离开，还真有点舍不得呢……

最后，他终于下定了决心：以前我是个孤苦伶仃的穷孩子，现在，已经是国家的主人，应该积极报名去当兵！

这时候正是北方的隆冬时节。外边下着大雪。

规定早上八点开始报名，雷锋在凌晨三点钟就起床穿衣，早早地跑到办公室。

他想争取报头一名。他以为，报名越早，越容易被批准。晚了，恐怕就没有机会了呢。

团总支书记开了门，一见是雷锋，就苦笑着说："三更半夜不睡觉，你这是在折腾什么呀？"

"我……李书记，我来报名参军呀！"

"那也不能这么着急呀！"

团总支书记把他叫进屋子，故意问道："说说看，你为什么要当兵？"

"道理很简单呢，我是穷苦孩子出身，吃过旧社会的无数苦头，是共产党、毛主席救了我，让我过上了幸福的生活。李书记，你不是常常教导我们说，这幸福生活来得不容易吗？受过苦的人，谁不想亲自去保卫它，亲自为祖国，为党中央和毛主席站岗放哨？"

团总支书记点点头说："说得很好嘛！这种朴素的感情是对的，是真挚的！……"

雷锋一听，高兴地说："这么说，李书记，您同意了？"

"不过，雷锋同志，我必须明白地告诉你，组织上支持你报名参军的志愿，可是……"李书记说，"你个子不高，体质也并不壮实，你知道，当兵入伍，是要经过严格的体检的，检查合不合格，我可不敢保证。"

雷锋说："只要厂里同意，我才不怕检查呢，小个子当兵，打仗才灵活哪！"

回到宿舍后，雷锋激动不已，一口气写出了一封足足有一千一百字的入伍申请书，马不停蹄地交给了厂领导，并且在"入伍申请簿"上写下了"我坚决要求参军"的誓言。

然而，经过体格检查站检查后，焦化厂接到"入伍通知书"的只有四个人，其中并没有雷锋。

这天，领导干部和工人们专门开了欢送会，欢送大家去辽阳市集中复查。

于是，就发生了前面说到的，雷锋跟在车子后面追赶的那一幕。

团总支书记深深懂得雷锋要求参军的迫切心情。考虑再三，他最后只好答应雷锋，再和辽阳市人民武装部联系一下。

雷锋步行到了辽阳市人民武装部之后，武装部的余副政委接见了他。

雷锋十分恳切地向部队首长诉说了自己的经历和想要参军的理由。

余副政委看着这个朝气蓬勃的小伙子，先就有了几分喜欢，可是打量着他那比较矮小的身体，估计不太合乎入伍标准，就安慰他说："小伙子，不要着急，你还是先到体格检查站去检查检查体格再说吧。"

从余副政委的话里，雷锋感到了一线希望。

他激动得一时间不知道该说什么才好，就深深地鞠了一躬。

他的眼睛里闪烁着幸福的泪花，一溜烟地奔向辽阳县小屯体格检查站去了。

在体检处量身高时，雷锋悄悄地踮起了脚。

不料，这个举动被体检员发现了，体检员笑着说："同志，弄虚作假可不行！"

雷锋只好不情愿地站直。

标尺固定，再看指数，只听体检员高声报出："身高一米五四。"

这个数字显然不那么"理想"。

雷锋赶紧强调说："同志，别看我个头儿小，

光荣的士兵

我当过拖拉机手、推土机手,浑身都是劲儿!"

体检员笑了笑,没有作声,继续检查下一个项目。

开始称体重了。雷锋憋足了劲儿,将身子用力往下压,结果也只"压"到了四十七公斤。

"怎么样,同志,我的体重还可以吧?"雷锋故作自信地问道。

"够呛,连五十公斤都没到呢!"

"那是因为我没吃早饭就跑来了,要是吃饱饭,肯定可以远远地超过五十公斤!"

体检员忍不住笑出了声:"真有你的!吃一顿饭能增加三公斤体重!那不成饭桶了吗?"

最后,体检员安慰他说:"你的身高,算是勉强达到了国家规定的最低标准,可是体重呢,实在不够条件。这个,我们都'爱莫能助'啊!"

雷锋有点慌了,好一阵子都说不出话来。

这可怎么办呢?难道自己美好的愿望就要"卡"在几公斤体重上了吗?

突然,他看见体检员正拿着钢笔,准备往体格检查表上填写检查结果,就连忙上前,几乎是央求般地说:"同志,您就给我写五十公斤吧。您放心,过几天我肯定能补上。当了兵,我一定会好好锻炼身体。"

可是,体检员只能善意地笑笑,让他进行下一个项目:外科检查。

雷锋按照体检员的要求,脱下了内衣。

体检员一眼就发现了雷锋的脊背上有一片疤痕。体检员问道:"你什么时候生过疮吗?脊背上怎么留下了这么大的疤痕?"

提起疮疤,雷锋的心头立刻涌上一阵酸楚,眼泪随即夺眶而出。

他告诉体检员说:"同志,你不知道,这疤不是生疮生的,是旧社会的恶霸在我身上刻下的仇恨啊。正是为了让人们永远不再受这样的苦,我才坚决要求参军的!同志,你会明白我的心情吧?"

"同志,我十分能理解你的心情,我也很支持你能光荣参军。"体检员想了想,就指点雷锋说,"我建议你去找人民武装部首长同志谈谈,也许,他们会根据你的具体情况,同意你的请求的。"

"谢谢,同志,你太好了!"雷锋给体检员又深深地鞠了一躬。

于是,雷锋再次赶到人民武装部,向一位征兵助理员讲述了自己的情况,最后恳求说:"批准我当兵吧!我一定会做一个好战士的。"

征兵助理员说:"雷锋同志,你的经历,我们已经了解了一些。不过,兵役工作是要按条件办事,你条件不够也不能勉强。建设祖国、保卫祖国,岗位不同,但都一样光荣和重要。我想,这个道理你是懂得的。"

"这么说,我参不了军了?"雷锋着急地问道。

"不,现在还没有结果。你回去等通知吧。"

雷锋一听要自己回去"等通知",就以为是批准了,便高兴得差点跳起来。

他说:"我先回厂生产。等你们的好消息。你们可要快点通知我呀!"

征兵助理员对他笑了笑,目送他离开了武装部。

可是,雷锋回到工厂后,等了两天,也没有丝毫消息。

那几天可真是度日如年啊!他在心里一遍遍地

巴望着：快来吧，快来吧，快来入伍通知吧。

实在等得受不了了，他就想，反正这兵我是当定了，不妨再去磨磨。

于是，他就向领导请了假，把自己一时穿不着的四件衣服都送给了吕大爷，把三本《毛泽东选集》和几本日记、一些生活日用必需品放在小网兜里提着，就又到人民武装部去了。

一进门，他就对征兵助理员说："报告，我来报到了。"

征兵助理员一看雷锋连行李都提来了，真是有点哭笑不得。

他只好耐心地对雷锋解释说："雷锋同志，你的问题我们研究过了，还有困难……"

"为什么？"雷锋有点沉不住气了，"我是真心实意要参加解放军的！我……"

"同志，你迫切的心情我们完全能够理解，可是你的体格不够标准啊，我们怎么能将体格不够标准的青年交给接兵的同志呀？"

"那……接兵的首长是谁？"雷锋的胆子突然变大了。

"是荆营长。你想直接找他吗？"

"对，我直接找他去。"雷锋坚定地说道。

"希望你能成功！"征兵助理员被雷锋的韧劲感动了，说，"我真是服了你了！"

见到荆营长后，雷锋就把自己全家在旧社会的遭遇，以及自己迫切想参军的理由，一一地诉说了一番。

雷锋的苦难遭遇，使荆营长也深深地为之震动。

实际上，在这之前，人民武装部的余副政委已经把雷锋的情况告诉了荆营长，希望他考虑雷锋的要求。

荆营长在听完了雷锋的诉说后，又和余副政委商量了一次，最后决定，破格吸收雷锋参军。

一个月后，一辆火车慢慢驶进了辽宁营口车站。

站台上锣鼓喧天，鞭炮齐鸣。

部队首长和老战士们用最热烈的掌声和口号声，迎接一批光荣入伍的新战友。

雷锋，就是这批新战士中的一个。

他美好的梦想终于实现了。

在"欢迎新战友入伍大会"开过的当天夜里,雷锋在自己的日记里这样写道:

"这天是我永远不能忘记的日子,这天是我最大的荣幸和光荣的日子。我走上了新的战斗岗位,穿上了黄军服,光荣地参加了中国人民解放军。我好几年来的愿望在今天已实现了,真感到万分的高兴和喜悦,这是我一生最大的幸福。……"

不做温室中的弱苗

一九五九年十二月八日,雷锋在日记里写道:

一个革命者,当他一进入革命行列的时候,就首先要确立坚定不移的革命人生观……树立这样的人生观,就必须培养自己的思想道德品质,处处为党的利益,为人民的利益着想,具有大公无私、舍己为人的风格……要能够为党的利益,为集体的利益不惜牺牲自己的利益……

一个月后,一九六〇年一月,他又写了一首诗歌《穿上军装的时候》:

小青年实现了美丽的理想，

第一次穿上庄严的军装，

急着对照镜子，心窝里飞出了金凤凰。

党分配他驾驶汽车，

每日就聚精会神坚守在车旁，

将机器擦得像闪光的明镜，

爱护它像爱护自己的眼睛一样。

一个年轻的新战士的快乐、光荣与自豪感，跃然纸上。

雷锋入伍后，被分配到运输连当汽车兵。

像许多新入伍的战士一样，在学习汽车驾驶技术之前，雷锋先在运输连新兵排接受军事训练。

雷锋所在的那个班，班长名叫薛三元，是个不善言谈、只喜欢埋头苦干的老兵。

他很喜欢雷锋的机灵劲儿。不过，因为雷锋个子小，老班长心里不免有些担心。因为，新兵训练可是要吃大苦的，班长生怕雷锋吃不了这个苦，训练成绩不好，拖了全班的后腿。

开班务会的时候，班长就提醒雷锋说："雷锋同志，干革命学本领，是最讲互相帮助的，如果你有什么困难，一定要说出来，大家好帮助你，千万别自己闷着，到时候就晚了。"

雷锋明白老班长的好意，就站起来爽朗地回答道："放心吧，班长，什么困难我也不怕！战友们能扛得起的，咱也不会含糊！"

"嘀，听你这口气，似乎是我小瞧你了。好，有你这句话，我就放心了！"

新兵训练，先从练手榴弹掷远开始。

及格的标准，对那些膀大腰圆的新战士来说，实在是"小菜一碟"，并没有多大难处。

可是，手榴弹一抓在雷锋手里，就变得格外沉重了。

雷锋使出了全身力气，几次也达不到标准，过不了关。

班长再三给他纠正动作、传授要领。

雷锋求胜心切，不停地练了一上午，胳膊甩得生疼，还是没用。

收操后，战友们在一起交流经验，寻找差距。

有的说："依我看，不是雷锋力气不够，而是他没有掌握好要领。"

又有人说:"不是要领问题,还是臂力不够。"

雷锋听了战友们的议论,急得直埋怨自己:为什么这样差劲呢?

他的内心充满自责。他在心里对自己说:雷锋啊雷锋,你还说什么当兵保卫祖国呢,你连个手榴弹都投不准、掷不远,你真是给全班丢脸啊!

他越想越觉得不是滋味,连饭都没心思好好吃了。

到了晚上,战友们都休息了,雷锋悄悄起身,抓起教练弹,来到操场上,借着明亮的月光,开始反复地练习起来。

这样,一连投了几天,因为练得过猛,他把胳膊累得又肿又红。在新兵训练期间,雷锋正是由于有不畏困难、敢于进取的勇气和毅力,他最终的各项训练成绩都圆满地达到了标准,赢得了战友们的敬佩和领导的赞扬。

在入伍后的第十天的日记里,他还给自己写下了这样的励志格言:

雷锋同志：

　　愿你做暴风雨中的松柏，

　　不愿你做温室中的弱苗。

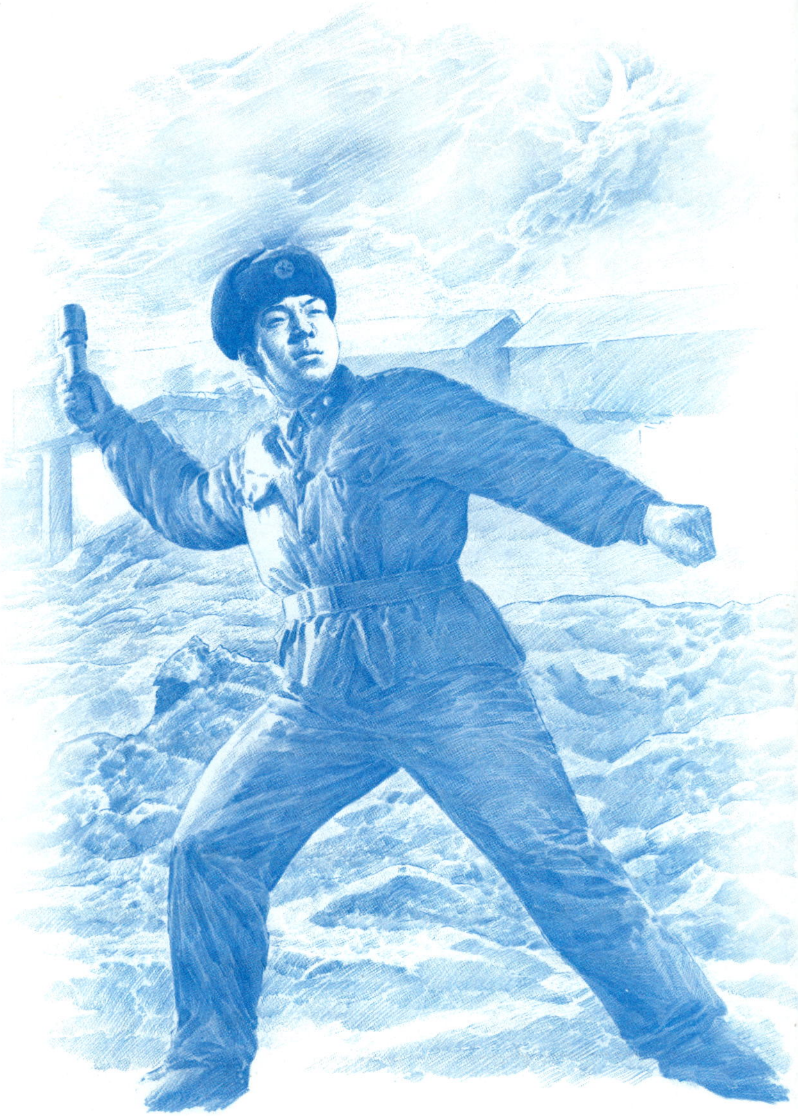

百炼成钢

"革命需要我烧木炭,我就去做张思德;革命需要我去堵枪眼,我就去做黄继光。"

这是雷锋入伍之后写在日记上的一句话。

在人生的征途上,他是这样说的,也是这样做的。

新兵的军事训练结束后,分到运输连的战士就要学习汽车驾驶技术了。

雷锋想,自己做过农场上的拖拉机手、矿山上的推土机手,现在又要驾驶着军车,奔驰在祖国的原野上和公路上,运送各种军用物资……

这是一项多么令人自豪的工作啊!可是正在这时,战士业余演出队正好在物色演员。他们觉得雷锋能写能诵，挺有艺术才华的，就请示首长，希望把雷锋调去当一个时期的"临时演员"。

首长同意了他们的要求。

于是，本来正在憧憬着驾驶军车驰骋在祖国大地上的雷锋，服从组织上的决定，暂时停止汽车专业学习，进入了战士业余演出队。

排练节目、分配角色的时候，雷锋自告奋勇，一下子给自己报出了六个节目，有朗诵、快板、二人转等。

可是，演员们对台词时，发现雷锋那带着浓重的湖南方言味道的口音，一般观众恐怕很难听懂。

"为了更好地为战友们和当地的老百姓服务，只有苦练了！"

雷锋悄悄地、夜以继日地苦练起普通话来。

然而，浓重的湖南口音，终究并非短时间内可以纠正过来的。

第二次对台词时，雷锋一口生硬的湖南味普通话，仍然引得大家哧哧直笑。

没有办法，演出的日子已经迫近，只好另换演员了。

领导们怕影响雷锋的热情，话说得十分婉转："雷锋同志，你的热情很高，但是口音实在让人难懂，为了工作，我们考虑……"

雷锋一听就明白了，马上说道："请首长放心，我不会有任何思想包袱，为了工作，请把我的角色分派给别人吧！"

最后，雷锋又诚恳地问道："不参加演出了，现在我该做些什么呢？要不，我回连队吧！"

这时，领导考虑到，排演工作还没有结束，此时让雷锋回去，太不近人情了。所以，他们没有答应雷锋回连队的请求，而是告诉他说："现在大家都集中精力在排练，你主动找些工作做吧！"

在接下来的日子里，雷锋的确也没有让自己闲着。

他发现，战友们每天排练节目时，没有专人给烧开水，而且每次排练完后，还得自己打扫排练场。

于是他就主动"承包"了这些杂事。

他在房檐下垒了个小灶，借了个水壶，在房前屋后捡了些碎木头，给大家烧起开水来。

他每烧开一壶，便提到排练场，给大家斟在碗里，说："请大家休息一会儿，喝口水吧，保养保养嗓子。"

到了傍晚，战友们排练结束，他就说："请大家早点回去休息吧，场子你们不用管，我来打扫。"

在那些日子里，他竟变成比任何人都忙碌，也更劳累的一个人了。

他在守着水壶烧开水的时候，也并没有闲着，而是利用这个时间，阅读政治理论书籍和毛主席的著作。

就在这一段时间里，他竟然忙里偷闲，一篇一篇地读完了《毛泽东选集》第三卷。

不久，战士业余演出队要到外地去演出了，雷锋高高兴兴地回到了运输连。从此，雷锋正规时间里在汽车上练习，休息时间就在模型上练习，躺在床上还不停地练习着驾驶动作呢。

他当时还写过一首诗《困难不可怕》：

应该怎样对待困难——

百炼成钢

是战斗!

困难只能欺侮那些不能吃苦的人,

困难害怕吃苦耐劳的战士。

困难只能欺侮那些胆小鬼,

困难害怕顽强进攻的战士。

困难只能欺侮那些懒汉,

困难害怕认真学习的人。

困难只能欺侮那些脱离群众的人,

困难害怕团结一致的伟大集体。

这是雷锋对待困难的无畏的姿态,也是他不断地克服困难、取得胜利的经验体会。

有一次,雷锋在出车时,发现汽车后轮有点晃动。他赶紧下去检查,一时却找不到原因。

回来后他问教导员,教导员一听情况,便说:"是转动轴松了。"

雷锋再次检查,果然是这样。

雷锋惊奇地问:"教导员,你怎么判断得这么准?"

教导员说:"熟能生巧。爱得越深,了解得越透。好比医生检查病人，用听诊器一听就知道病在哪里。我们当汽车兵的，也必须像医生那样，爱自己的职业，爱自己的汽车。这样，当汽车发生任何故障时，只要用耳朵一听，就能知道毛病出在哪里。"

这件小事给了雷锋很大的启发。

雷锋驾驶的十三号车，原是全班里耗油最多的一辆车，大伙管那辆车叫"耗油大王"。

如果把它送到车厂里去大修一番，恐怕要耽误运输任务。

雷锋想，不如让我自己试试，找出原因，亲手制服这个"耗油大王"。

他费了不少休息时间，一个细节一个细节仔细地排查，最后，终于发现，原来是化油器的油针太粗所致。

于是，他又想方设法，自己加以调整，终于使车子的耗油量减少到正常状态了。

这个时期，雷锋在日记里还写过一首短诗《百炼成钢》：

"不经风雨，长不成大树；不受百炼，难以

成钢。"

在人民军队这个大熔炉里,雷锋正在经历着十次、百次的锤炼……

钉子精神

雷锋所在的运输连驻地附近,有一所建设街小学。

有一天,在看露天电影的时候,建设街小学的一个姓贾的小同学发现,在电影开演之前,有位解放军叔叔一直坐在那里,聚精会神地看着一本什么书,仿佛看得入了迷。

小同学很好奇,探头一看,原来是经常去给他们讲战斗故事的雷锋叔叔。

"雷锋叔叔,你在看什么书呀?好厚的一大本啊!"小同学惊喜地喊道。

"哦,是你啊!我在看《毛泽东选集》。毛主席的书真是字字句句都说在我们心坎上呢。"

"雷锋叔叔,放电影前这么一点点时间,你还看啊?"

"小弟弟,时间短吗?你看,叔叔已经看完十来页了。"雷锋笑着对这个小同学说,"看一点儿是一点儿,积少成多嘛!告诉叔叔,你平时时间抓得紧吗?"

"嘿嘿,不紧。光想着玩去了。"小同学倒是蛮坦诚的。

"不抓紧可不好呀!"雷锋说,"你们在学校里学习,风吹不着,雨淋不着,还有老师给你们上课,多幸福啊!可要珍惜这么好的条件,好好学习,做毛主席的好学生呀!不然,时间都白白浪费了,多可惜啊!"

小同学听了雷锋叔叔的一席话,不好意思地点着头说:"我一定听叔叔的话,再也不浪费时间了。"

"好,这样就好!以后和叔叔来个比赛,看谁的课外书看得多好不好?"

小同学使劲地点着头。他看到,直到电影开始放映的最后一刻,雷锋叔叔才把书放进随身背着的黄色军用书包里。

一块好好的木板，上面一个眼也没有，但钉子为什么能钉进去呢？这就是靠压力硬挤进去的，硬钻进去的。

由此看来，钉子有两个长处：一个是挤劲，一个是钻劲。我们在学习上，也要提倡这种"钉子"精神，善于挤和善于钻。

这是雷锋摘录在自己的日记里，用来勉励自己学习的一段话。

在运输连，战友们送了一个雅号给雷锋，都称他是"读书迷"。

这是因为雷锋酷爱读书，只要一有点空闲，他就会打开随身带着的书本，专心致志地阅读起来。

他那个随身背着的黄色军用书包，战友们也都戏称为小小的"流动图书馆"。

正是凭着像钉子那样的一股子"挤"和"钻"的精神，雷锋入伍没多久，就先后读完了《毛泽东选集》一至四卷，以及其他大量的通俗哲学著作和文艺小说、英雄人物传记等。

有一次,部队安排上山打草。

早饭以后出发,晚饭以前回来,每人带一盒午饭在山上吃。

早晨,战友老王吃完早饭,心想:一盒午饭,干脆用肚子"带走"算了,免得拿着。

这么想着,他就把一盒午饭吃进了肚子里。

等上了山,打了一上午草后,中午吃饭时,战友们三三两两坐在山坡上,打开各自的饭盒,有说有笑地吃了起来。

雷锋打开饭盒正要吃饭,突然看见老王蹲在一旁两手空空,就问道:"你老兄怎么啦?忘带午饭了,还是在半路上把午饭撒掉啦?"

老王只好如实回答说:"午饭早被我消灭了。"

雷锋见状,就把自己的饭盒端到老王跟前说:"给,吃我这盒!你这么大个子,不吃午饭怎么行!"

老王摇着头不肯接受:"我哪能吃你的呢!我吃了,你怎么办?"

雷锋就势撒了个谎说:"你不知道,我这几天胃不舒服,一点儿东西也吃不下,你正好帮我吃了吧!"

说罢,他就假装捂着肚子,转身走开了。

老王端着饭盒怔在那里,望着雷锋的背影,心想:平时我还嘲笑人家小雷个子小,干不成大事呢!瞧我自己……白长了个大个子,从来也没想过把饭让给别人吃……

不久之后的一天傍晚,大家正围在一起研究汽车修理的事,突然发现西北边的一栋房屋里,冒出一股浓烟。

"不好!加工厂起火了!"

雷锋眼尖,连忙站了起来,丢下书本就向起火点跑去。

到了现场,他三言两语问明了情况,就同加工厂的同志们一起抄起家伙扑向了火海。

他用水盆泼了一阵子水,大火仍在蔓延。木板房子越烧越厉害,火焰眼看着已经蔓延到了屋脊。

雷锋赶紧丢下水盆,抓起一把大扫帚,一跃就攀住了窗台,上了屋顶。

只见他站在浓烟滚滚的屋顶上,挥起扫帚,一个劲儿地扑打着火苗。

"解放军同志,危险!快下来,房脊就要塌了!"有的同志急得高喊。

但雷锋已经顾不得那么多了。他想的是,多扑打几下,把火焰扑熄,国家的财产就不会受损失。

过了一会儿,消防队赶到了。

雷锋这才跳下屋顶来,和消防队员一起,终于把烈火扑灭了。

他的手臂、身上,有多处被火焰燎伤了。战友们指着他的脸说:"瞧,头发和眉毛也给烧焦了!"

雷锋赶紧摸摸自己的脸,这才觉得有点火辣辣地疼。

庄严的时刻

一九六〇年三月的一天,雷锋在日记里写道:

"我要永远地记住:'一滴水只有放进大海里才能永远不干;一个人只有当他把自己和集体融合在一起的时候才能有力量。'"

入伍之后,他心里渐渐有了更美好的向往和更远大的追求:什么时候,自己也能成为一名光荣的中国共产党党员呢?

有一天,他在和连指导员谈心时,真诚地表达了自己的这个心愿。

"指导员,你看我应当怎么做,才能达到一个共产党员的标准?"

指导员送给他一本《中国共产党章程》,告诉他说:"雷锋同志,你其实一直就在向着一个共产党员的目标迈进啊!这样吧,你先学一学党章,然后在实际行动中,按照党章规定的条件,再去努力!"

"是!我一定会勤奋学习,努力工作,争取早一天靠近伟大、光荣的党。"

一九六〇年入夏以后,辽阳地区连日暴雨不断。

一场百年不遇的特大水灾,使抚顺郊区的上寺水库水势猛涨,整个抚顺市面临着危险。

报纸上,多次登载了党中央派飞机给灾区人民空投救灾物资的消息。

雷锋想:作为驻扎在当地的一个解放军战士,我该为灾区人民做点什么呢?

他想到自己在银行里还存有一百多元钱。

对,把钱取出来,寄给灾区人民,就算是杯水车薪,毕竟也是一点儿贡献嘛!

于是,他把自己积攒的一百元钱,寄给了中共辽阳市委,作为救灾费用。

市委不久就回了信,感谢他的盛情,告诉他

说：党中央派飞机运来物资支援灾区了，灾区人民有信心战胜洪水。

同时，他们把钱也退了回来，希望他继续存在银行里，将来可以支援国家建设。

没能为灾区做点什么，雷锋心里一直觉得有点遗憾。

这年八月，运输连接到命令：立刻开赴上寺水库，抢险救灾！

当时，雷锋正好患病在身。连长考虑到实际情况，在分配任务时，就把雷锋安排在连部里执勤，以便让他休息。

雷锋一听，急忙找到连长，恳求说："连长，你是知道我的，眼下洪水正在泛滥，正在威胁着人民的生命财产，我……我能在这里待得住吗？我请求跟队伍一块儿去灾区！"

"你……身体不好，需要休息和照顾。"

"不，我不需要这种照顾！我又不是纸扎的、泥捏的，"雷锋倔强地说道，"相信我，我顶得住！"

连长拗不过雷锋，只好同意他去参加抗洪

战斗。

成千上万的军民,汇成了一支抗洪大军,奔赴灾区。

市委防汛指挥部把开掘溢洪道以防万一的任务交给了解放军。

雷锋和战友们一道,昼夜不停,奋力苦战,开挖着溢洪道。

在电闪雷鸣和暴风骤雨中,他们谱写了一首壮丽的战洪曲。

许多个夜晚,雷锋强撑着发烧的身体,和战友们一道,一边挥动着铁锹,挖着淤泥,一边还高唱起"社会主义好……"鼓舞着士气。

又一个雨夜,连长过来大声说道:"雷锋,现在派你到防汛指挥部广播站去,把咱们连的好人好事广播广播……"

"连长,你还是叫别的战友去吧,我在这里干得正欢呢!"

"真啰唆!去广播站就不是战斗了吗?去,发挥出你的才艺来,鼓动鼓动同志们!"连长命令道。

"是！"雷锋只好领受了新任务，离开了大坝，穿过抗洪大军，向广播站走去。

半道上，他看见一个同志没穿雨衣，浑身淋得透湿，还在拼命干活，就立刻脱下雨衣，披在那个同志身上。

那个同志回头看时，雷锋的身影早已消失在夜幕中了。

经过几天几夜的奋战之后，一场特大洪水，终于在军民携手筑起的钢铁长城面前被驯服了。

雷锋在抗洪救灾的战斗中，又经受了一次严厉的考验。

因为雷锋时时处处都能以一个共产党员的标准要求自己，在许多地方都表现了一个革命战士对党、对革命事业的赤胆忠心，一九六〇年十一月八日，党组织正式批准雷锋加入中国共产党。

这一天，雷锋不到二十周岁。

这是他一生中最为庄严和最为激动的日子。

他满怀欣喜和感动之情，在日记里洋洋洒洒地写出了自己真实的心声：

一九六〇年十一月八日是我永远不能忘记的日子，今天我光荣地加入了伟大的中国共产党，实现了自己最崇高的理想。

我激动的心啊！一时一刻都没有平静。……

今天我入了党，使我变得更加坚强，思想和眼界变得更加开阔和远大。我是一个共产党员，人民的勤务员。为了全人类的自由、解放、幸福，哪怕高山、大海、巨川。为了党和人民的事业，就是入火海进刀山，我甘心情愿，头断骨粉，身红心赤，永远不变。

春天般的温暖

一九六〇年十月二十一日,雷锋在日记里抄录了这样几行闪光的文字:

对待同志要像春天般的温暖,
对待工作要像夏天一样的火热,
对待个人主义要像秋风扫落叶一样,
对待敌人要像严冬一样残酷无情。

雷锋入党之后,对自己的要求更高、更严了。他在日记里还写道:

"一个共产党员是人民的勤务员,应该把别人的困难当成自己的困难,把同志的愉快看成自己的幸福。"

我们今天的许多青少年,都看过那部名为《离开雷锋的日子》的电影,知道雷锋有个好战友叫乔安山。

现在我们就来讲一讲雷锋帮助乔安山的故事。

乔安山是和雷锋一年入伍的。

小乔入伍以后,练兵、干活都是好样的,就是学习有点跟不上,特别是学算术,常常弄得自己晕头转向。

时间一久,他就对自己失去了信心,有了打"退堂鼓"的念头。

雷锋想,一花独秀不是春,百花齐放春满园。毛主席也告诉过我们:

"我们都是来自五湖四海,为了一个共同的革命目标,走到一起来了……我们的干部要关心每一个战士,一切革命队伍的人都要互相关心,互相爱护,互相帮助。"

于是,雷锋就想方设法地帮助小乔学算术。

小乔对自己没有信心,他说:"我文化底子太薄,恐怕消化不了这么复杂的玩意儿。"

雷锋鼓励他说:"没有谁一生下来就底子厚的,你这样不自信,首先就要不得!天下无难事,就怕有心人。只要肯钻肯学,哪有闯不过的江河!"

有一天,他把一张报纸拿给乔安山说:"给,上面有一篇文章,是专门为你写的。"

"专门为我写的?什么意思?"小乔好奇地接过报纸。

原来,这是毛主席关心战士学文化的一篇通讯。

"毛主席多么关心我们这些'底子薄'的战士的文化学习啊!"

雷锋说着,就一段一段地读给小乔听。

每读完一段,他就再讲解一番,以此激励小乔的学习信心。

小乔受到了启发,觉得自己也许可以试一试,就站起来准备去买笔和本子。

这时,雷锋像变戏法似的拿出了早已买好的钢笔和本子,说:"早就给你准备好了,就等着你自己下决心了。记住,当个现代化的解放军战士,没有文化怎么行!我也是这几年才渐渐悟出这个道理来的呢！"

因为有了雷锋的影响和辅导，乔安山学习上进步很快，并且从一个对自己的学习一直没有信心的人，变得非常喜欢学习和善于学习了。

战友们看在眼里，都觉得，只要雷锋在哪里出现，哪里就会像吹过春风一般温暖和亮堂。

雷锋却谦虚地引用诗句说道："'一花独秀不是春，百花齐放春满园'啊！"

我们在前面曾经讲到过，雷锋喜欢看书和买书，他的挎包里经常塞满了新书，被战友们戏称为"流动图书馆"。

等到书积攒多了，他就找来木头，自己动手，钉了一个结实的小书架，放在营房一角，方便战友们借阅和分享图书。

雷锋关心战友的故事多着呢！他所在的连队里常常发生这样的事：

一个战友出车去了，床头扔下了一堆脏衣服和破袜子。

可是，他出车回来时，却发现那些脏衣服已经洗得干干净净的了，破袜子也给补得结结实实的了。

战友问遍了周围的人,都不知道是谁干的,没有一个人出来承认。

类似的事情时常发生,但做好事的人是谁却一直是一个"秘密"。

这天夜里,突然响起了紧急的演习集合号声。

匆忙之中,战士韩玉臣的棉裤被电瓶里的硫酸烧蚀出了几个窟窿。

演习完了,回到营房后,战友们累得倒在床上便呼呼大睡了。

当夜,由身为班长的雷锋带班查哨。

半夜里,雷锋查完哨后回到宿舍,一眼看到了韩玉臣的棉裤上有几个窟窿,棉花都露出来了。

好家伙!这么多的窟窿,风一吹,不冷吗?

这样想着的时候,雷锋突然灵机一动,悄悄撕下了自己军帽的里子,就着灯光给他补好了棉裤上的窟窿。

这一幕正好被一个值班的战士看见了。

"班长,原来是你……"

"嘘——"雷锋示意小战士不要作声。

第二天,韩玉臣上操回来,诧异地说道:"怪了!这是哪个好心人,又做了好事?简直就像'田螺姑娘'一样……"

大家也都说不知道是谁做的好事。

这时,那个值班的战士走进来,说:"这是班长昨天半夜里查岗回来,扯下自己的帽子衬里给你补上的!我亲眼看见的,班长不准我声张哩!"

战友们顿时感动得都说不出话来。

他们寻找雷锋的时候,雷锋正挑着水桶,在帮炊事班挑水呢。

还有一次,战友周述明接到老家寄来的一封信。

平时总是喜欢说说笑笑的小周,读了家信后,脸上顿时失去了笑容,几天里都是闷闷不乐的样子。

心细的雷锋看在眼里,心想,肯定有什么原因。

这天,雷锋悄悄问周述明:"你老家来信上写了些什么?"

起初,周述明还不肯明说,怕给班长增加精神负担。

雷锋故意说:"你这是不信任我吧?你别忘了,我们都是阶级兄弟啊!"

周述明最后说出了实情。

原来,是他的老父亲病了,父亲盼望儿子能回去看看,或寄点钱回去抓药医病。

雷锋明白了。他知道周述明是个很要强的战士,平时工作积极,从来不谈个人问题。现在,自己的父亲病了,大概也不想请假,更不想让部队救济,所以就一个人闷着。

雷锋找机会暗暗地记下了小周老家的地址。

正好,雷锋那几天要到沈阳去办事。他就在沈阳的邮局里,以周述明的名义写了一封信回去,还随信寄去了十元钱。

没过多久,周述明又接到了一封家信。信上说:

"你寄来的钱收到了,正好用作了医疗费。父亲的病已见好转,希望你在部队安心工作,不要惦记家里……"

这下,小周心里可纳闷了:这是怎么回事呢?

钱到底是谁寄的呢?

当然,好久以后他才知道,是班长雷锋寄的信和钱。

以国为家

夏天来了,部队又要开始发放夏季的军服了。

当时连队里发放夏装,每个战士都是两套单军装、两件衬衣和两双胶鞋。

可是,从一九六〇年起,雷锋每年只领一套单军装、一件衬衣和一双胶鞋,说什么也不肯领两套。

司务长觉得奇怪,问他到底为什么。

雷锋解释说:"你看,我身上穿的旧军装,还不是好好的吗?再说,即使破旧了,只要缝缝补补还可以穿呢。现在我们国家经济上还不那么富裕,我觉得,只要有一套打补丁的衣服穿在身上,也比我童年时候穿破烂衣服要好上许多倍呢!请把节省下的一套衣服交给国家吧!"

不仅如此,有一天,雷锋趁休息的时候,找来木板子,敲敲打打地钉了一个木箱子,放在宿舍一角。

他把平时从外面捡回的螺丝钉呀,螺丝帽呀,还有钉子、铁丝、旧皮革、牙膏皮什么的,都放在里边。

他还管这个箱子叫"聚宝箱"呢。

不要小看这个专门存放旧物品的小木箱子,关键时候它的作用可大了!

例如,遇到汽车上缺了个螺丝、坏了个零件什么的,雷锋从来不是张嘴就找供应部门去要新的,而总是先从自己的"聚宝箱"里找找看。

找到可以用上的,就先用上,实在没有的材料,他才向供应部门去领取。

他平时用的擦车布什么的,也都是用捡来的破布片和烂手套洗干净了代替,而把公家发的新擦车布节省下来上缴。

"国家,国家,'国'也就是'家'呀!"他常常这样对战友们说。

凡是属于国家的财产,他觉得,哪怕浪费一丁点儿,都不应该。

有段时间里,他负责出车运送水泥。

卸车装车时,装水泥的纸袋难免会有破漏,因此有时车上会蒙上一层撒落的水泥。

雷锋每次出车回来,总要拿起扫帚和簸箕,小心翼翼地把撒落的水泥打扫收集起来。

他的举动也影响着其他人。他们都学着雷锋的做法,不再随意废弃那些撒落的水泥。

果然,积少成多,等运送水泥的任务结束以后,他们清扫并收集起来的水泥竟有将近两吨重呢。

在自己的日常生活中,雷锋更是简朴得不能再简朴,从来不乱花一分钱。

部队每月发给他的津贴,他首先用来交足党费,然后留下一部分来用于买书和学习用品,其余的全部存入银行。

他穿的袜子,补了一层又一层,最后,一双袜子总是变得面目全非,还舍不得丢掉。

他使用的搪瓷脸盆和漱口杯,上面的搪瓷几乎全掉光了，黑色的铁皮"疤痕"一块一块地露出来，样子很难看。可是，他也舍不得去买新的。

他说："这样扔掉不是挺可惜吗？反正也不漏水，还可以凑合着用一段时间。能省就省点吧。艰苦朴素的作风可是我们人民军队的'传家宝'啊！"

在外面出车，碰到大热天，不少战士就在附近的小卖部里买汽水喝。有一次，实在是又热又渴了，雷锋也掏出钱来，正想买一瓶汽水，巧的是，这时候正好有人送来了凉开水。

于是，雷锋赶紧又收起了钱，转身喝那免费的凉开水去了。

有人说话了："雷锋啊，我真是服了你了！你没家没业的，就你一个人，攒那么多钱干什么啊？何必这么苦着自己呢？"

"苦吗？我觉得一点儿也没有啊！"雷锋说，"怎么能说我就一个人呢？怎么能说我没家没业呢？我们祖国这个大家庭里有六亿多人口啊！"

"那也不缺少你那几个钱哪！"

"你这么说就错了！"雷锋说，"可以积少成多，积米成山嘛！如果每人一天都能节约一分钱、一粒米、一根线，那你算算，全国一天可以节约多少钱？身为国家的一分子，不算这笔账还行吗？"

对雷锋的这些话，有人赞同，觉得他的所作所为是可敬可佩的。

但是也有人不以为然地说："简直是个傻子，小气得很！"

对此，雷锋有他自己的见解。他在一页日记里写道：

我要做一个有利于人民、有利于国家的人。如果说这是"傻子"，那我是甘心愿意做这样的"傻子"的，革命需要这样的"傻子"，建设也需要这样的"傻子"。我就是长着一个心眼，我一心向着党，向着社会主义，向着共产主义。

"为人民服务是无限的"

一九六一年二月二日，雷锋在这天的日记里记下了这样一件小事：

今天我从营口乘火车到兄弟部队做报告（新旧社会对比的报告），下车时，大北风刺骨地刮，地上盖着一层雪，显得很冷。我见到一位老太太没戴手套，两手捂着嘴，口里吹一点热气温手。我立即取下了自己的手套，送给了那位老太太。她老人家望着我，满眼含着热泪，半天说不出话来。……一路上，我的手虽冻得像针扎一样，心中却有一种说不出的愉快。

像这样的助人为乐举动，几乎成了雷锋生活中每一天里的"常态"。他用自己的言语和行动，践行了他写在日记里的一句名言：

"人的生命是有限的，可是，为人民服务是无限的，我要把有限的生命，投入到无限的'为人民服务'之中去……"

一九六一年四月的一天，部队首长安排雷锋到旅顺去执行任务。

雷锋是乘坐火车去的旅顺。车上的旅客很多，列车上的服务员忙上忙下的，一直没有闲下来。

雷锋看在眼里，急在心里，很想有机会帮助服务员做些什么。

正好，这时有一位老大娘找不到座位。

雷锋连忙起身说："老大娘，不用到处找了，您就坐这里吧。"

他把自己的座位让给了老人家，然后转身当"义务服务员"去了。

他先是找来一把扫帚，轻手轻脚地把整个车厢打扫了一遍，接着又挨个儿去给旅客送开水。

一位老大娘看到他额头都冒出了亮晶晶的汗珠

儿，就心疼地说道："来，孩子，看你累得满头大汗，坐下歇息歇息吧。"

雷锋笑着回答说："大娘，没关系，您老坐着。我一点儿也不累！"

雷锋觉得，能有机会为旅客们做点事情，这是一种快乐和缘分。

还有一次，雷锋去丹东参加沈阳部队工程兵军事体育训练队的训练活动。

在沈阳车站换车的时候，他看见检票口处熙熙攘攘地围了好多人，好像发生了什么事情。

他走近一看，原来有位农村来的大嫂丢了车票，正在那里着急呢！

雷锋挤上前，仔细询问那位大嫂说："先别着急，大嫂，你这是……"

大嫂急得满头大汗，连忙说："唉！都怪俺不小心！俺是从山东老家来的，要去吉林看望丈夫，在这里换车，吃饭时不小心，把车票和钱都丢了，要检票时才知道……"

说着，大嫂眼圈就红了。

雷锋明白了原因，就安慰大嫂说："别着急，跟我来，我帮你买张车票。"

不等大嫂再说什么，雷锋就把她领到售票处，拿出自己的津贴费，给她补买了一张票，塞到她手里，说："快上车去吧，大嫂，晚了可就赶不上了。"

大嫂感激得顿时流下了眼泪，不知说什么好。

雷锋催促她说："没什么，大嫂，谁都可能有困难和着急的时候。快走吧！车要开了。"

"解放军同志，俺真不知道说什么好了！你叫啥名字？是哪个部队上的？俺一辈子都忘不了你的恩情……"

雷锋笑了笑说："快别说了。我叫解放军，住在中国。再见吧！祝大嫂一路平安！"

说着，他就先转身离开，消失在人群之中了。

火车开了，那位大嫂还从车厢里探出头来，眼泪汪汪地在人群里寻找着，希望能再看一看雷锋的身影……

又有一次，雷锋出差到抚顺，途经沈阳，在沈阳车站换车。

这是天刚蒙蒙亮的时辰。雷锋背起背包，检了票走上月台。

过地下通道时，雷锋看见一位白发苍苍的老大娘，拄着拐棍，挎着一个很重的包袱，看上去很吃力。

雷锋连忙赶上前去，问道："大娘，您老这是要到哪里去呀？"

"俺从关里来，要去抚顺看儿子呢。"老人喘着粗气说。

一听是跟自己同路，雷锋马上把大娘的包袱接过来，一手扶着老人，温和地说道："哦，正好同路。走，大娘，我送您老到抚顺。"

老人一听，可高兴了："那敢情好！毛主席领导的解放军，就是好啊！像大娘的亲儿子一个样儿……"

雷锋说："大娘，我们解放军战士，本来就是人民的子弟兵啊！"

大娘欢喜得一口一个"好孩子"，紧紧挽着雷锋的胳膊。

扶着大娘上车后，雷锋给老人家找了个座位，让老人先坐下了，自己就站在老人身边。

火车开动了，雷锋把刚才在站台上买的两个面包从挎包里掏出来，递了一个给老人，说："大娘，您老吃点东西吧，还软和着呢。"

老大娘赶忙说："好孩子，大娘不饿，你吃吧！"

"别客气，大娘，吃吧，垫垫底儿。"雷锋硬把面包塞到老人手里。

大娘拿着面包，感动得两手直颤，说："孩子，你真比大娘的亲儿子还孝顺哪！"

说着，大娘就将身子往里挤了挤，空出一点儿位置来，说："来，孩子，你也坐下歇歇。"

一路上，大娘和雷锋拉起了家常。她告诉雷锋说，她的儿子是个工人，出来工作好几年了。她这是头一次来看儿子，还不知住在哪里呢！

大娘边说，边掏出一封信递给雷锋，说："信皮上写的，就是儿子在的地方。"

雷锋看过信上写的地址，自己也没有去过那里。

为了不让老大娘着急，雷锋就赶紧说："大娘，您放心，我一定帮助您老找到您儿子的住处。"

火车到站后，雷锋又扶着老人，帮老人拿着行李，走出车站。

他把自己的背包暂存在车站里，然后到处打听，用了差不多两个小时，才终于找到了老大娘的儿子的住处。

"唉，要不是这孩子送我呀，不知道什么时候才找得到你哟。"老大娘对儿子说。

"大娘，您老好好跟儿子唠唠嗑吧，我走了。祝您老健康长寿！"

临走时，母子俩拉着雷锋的手，依依不舍，说什么也要留雷锋吃了饭再走。

雷锋说："谢谢你们，部队上还有任务，咱们后会有期！"

……

像这样的事情，雷锋做得真是太多了，可以说是数不胜数。

他全心全意为人民服务的故事，不但在连队里流传着，就是在东北的铁路线上，也都广泛流传。

人们形象而风趣地夸赞说："雷锋出差一千里，好事做了一火车。"

小溪奔向远方

"亲爱的同学们,我很高兴又戴上了这鲜艳的红领巾。这红领巾是红旗的一角,是无数革命先烈用鲜血染红的。我们要做一个无产阶级革命事业的合格的接班人,就应该保持红领巾的鲜红的颜色,决不能使它沾染上半点灰尘……"

一个阳光灿烂的日子,当雷锋来到建设街小学时,一个少先队员为他系上了一条崭新的红领巾。

雷锋深情地抚摸着鲜艳的红领巾,激动地说了上面这番话。

从一九六〇年十月开始,雷锋接受了部队驻地的一些少先队员的邀请,同时受连队党支部的委托,先后担任了抚顺市建设街小学(现在已改名为

"雷锋小学")、本溪路小学少先队组织的校外辅导员。

其实,在雷锋的书包里,一直放着一件他最心爱的东西:一条红领巾。

那是他当少先队员时戴过的红领巾。

雷锋一直舍不得上交,仔细地保存在身边。

从家乡到鞍钢,从鞍钢到部队,这条红领巾一直伴随着他。

他担任了少先队组织的校外辅导员后,红领巾更是从不离身了。

他的业余生活中,也增添了一项更有意义的工作。

无论刮风下雨,只要是少先队的活动日,雷锋总是风雨无阻,准时来到学校做辅导。孩子们都喜欢听他讲故事。

一天,建设街小学以"听党的话,做毛主席的好孩子"为主题,举行大队会。

雷锋想起在家乡就听到过的,毛主席少年时代在艰苦中求学、好学的故事。于是,他就联系着自己的身世和经历,把毛主席少年时代的故事讲得十

小溪奔向远方 171

分生动和细致,孩子们一个个听得津津有味,幼小的心灵被深深地打动。

又有一天,本溪路小学一个学习小组的六个女同学,正在为一道算术题伤脑筋的时候,雷锋叔叔突然出现在她们面前。

"嗨,一个个怎么愁眉苦脸的呀?是不是作业做得不怎么样,挨老师批评了?"雷锋见孩子们似乎有点不开心,就故意打趣道。

"呀,雷锋叔叔,您来得正好!"孩子们和雷锋叔叔早已很熟悉了,就毫不隐瞒地说,"您怎么像诸葛亮一样,会神机妙算啊?还真是作业的事情呀!"

于是,她们你一句、我一句地把算不出来的难题说了出来。

雷锋鼓励她们说:"对,遇到不懂的问题,就应该'不耻下问'。学问,学问,除了好学,还得多问呀!"

接着,雷锋拿起笔来,一一地给她们讲解了难题。

最后,有五个孩子异口同声地说:"懂了!

懂了!"

只有一个小女孩仍然低着头,似懂非懂的样子。

雷锋看出了她的心事,又耐心而详细地为她讲了半天,直到她眉头上的疙瘩也解开了,才放心地离开。

建设街小学三年级有个小同学,学习成绩还算不错,就是字写得不工整,总是像"鬼画符"似的。

雷锋"对症下药",买来钢笔字帖送给他,并仔细地纠正他歪着头写字的姿势,手把着手,一笔一画地教他练字。

不久,这位小同学的字就写得颇为端正和工整了。

又有一天,本溪路小学的孩子们正在参加积肥劳动。

因为淘粪的舀子不够,班主任就让五年级的两个学生一同到部队驻地去借。

两个女孩子原本是十分要好的小伙伴,可是这次却并没有结伴前去,而且两个人都极力躲对方躲得远远的，谁也不理睬对方。

她们到了部队营房时，正好遇上了雷锋。

雷锋从她们的表情神态上，一眼就看出了两个人在闹什么别扭，互相之间有了隔阂。

雷锋就笑着说道："我的天呀，挺好看的两个小姑娘，怎么都把嘴巴噘得可以挂油瓶了？羞不羞啊？"

两个小姑娘的小脸，一下子都变红了。

她们知道什么事也瞒不过细心的雷锋叔叔，就只好耷拉着脑袋，说出了实话。

原来，两个人是为了借铅笔和橡皮的事闹了别扭，已经有一个星期互不理睬没说话了。

雷锋知道了实情，就笑着对她俩说："这样可不好，为一点儿小事吵嘴，多没出息！你们长大了，还要一起建设祖国哩，要是这时候就不讲团结友爱，不互相关心，将来怎么能齐心合力地去为祖国、为人民服务啊？"

两个小姑娘都低下头，脸更红了。

可是，她们谁也不好意思先开口说话。

雷锋当然看出了她们的心思，就笑着拉起她俩的手,然后放在一起,说:"你看你看,手都握在一起了,还不好意思说话呢!"

两个天真的小姑娘几乎是同时抬起头来,互相看了一眼,都忍不住扑哧一声笑了。

两双小手又紧紧地握在了一起……

还有一次,建设街小学四年级四班的几个小同学,一起来到雷锋叔叔的营房,听雷锋叔叔给他们讲战斗故事。

雷锋放下手上的事情,先要同学们把各自的作业本拿出来给他看。这是他每次和孩子们见面时的一个"习惯"。

在检查孩子们的作业时,他发现,有一个同学的算术本撕掉了许多页纸。

雷锋就问这个孩子:"咦,你的本子怎么这么薄呀?"

小同学的脸唰地就红了。

她嗫嚅着说:"是我自己……写作业写坏了,一写坏就撕掉,最后就剩下这么几张纸了。"

雷锋见她已知道自己不对了,便亲切地说:"你们可知道,造纸的工人伯伯们,要造出一张雪白的纸来,是多么不容易啊!……"

说着,他就把自己的那个"聚宝箱"搬出来,让同学们先看看里面的"宝贝":旧钉子、螺丝帽、旧皮革、牙膏皮……真是应有尽有。

同学们好奇地问:"雷锋叔叔,这些旧东西都是从哪里弄来的呀?"

"叔叔捡回来的呀!积少可以成多,滴水可以成河。别看都是些破烂玩意儿,一旦需要,还都有些用处呢!毛主席不是教导我们,要艰苦奋斗、勤俭节约吗?把这些东西搜集起来,也能对国家建设做出些贡献呢。"

小同学们这次回去以后,也都开始照着雷锋叔叔的样子,做了不少小小的"节约箱"和"百宝箱",见到有用的东西就捡起来,什么纽扣啦,粉笔头啦,螺丝钉啦,牙膏皮啦……

有的班还把爷爷奶奶、爸爸妈妈给的零用钱节省下来,一起储蓄了二十多元钱呢。

雷锋用自己的一言一行感染着、影响着经常接触的孩子们。

他的精神,就像是一泓涓涓的清泉,浇灌着那些正在成长的小苗。

可是，孩子们怎么也没有想到，一九六二年八月十五日，一个原本十分平常的日子，却在他们的心中成了永远的伤痛——

就在这一天，雷锋叔叔永远离开了他们，离开了他热爱的祖国、部队和战友……

永远的雷锋精神

雷锋牺牲时还不到二十二岁。战友们在整理他的遗物时发现，他日记本里最后一篇日记中，写着这样的话：

"今后，我要更加珍爱人民和尊敬人民，永远做群众的小学生，做人民的勤务员。"

对待同志像春天般温暖，对待生活有火一般的热情。这是雷锋短暂的一生最真实、最形象的写照。

雷锋牺牲后，他平凡而伟大的故事，很快就在全国各地传颂开了……

一九六三年三月二日，《中国青年》杂志刊登了毛泽东主席亲笔题写的"向雷锋同志学习"的题词。三月五日，《人民日报》《解放军报》《光明日报》《中国青年报》等，也都刊登了毛主席的题词手迹。第二天，《解放军报》又首次刊登了刘少奇、周恩来、朱德、邓小平等党和国家领导人为雷锋的题词。

从此，"向雷锋同志学习"渐渐成为全国人民学习英雄、树立新风、奉献爱心的一个伟大的号召，一种代代相传的风气。

如今，雷锋已是全国人民家喻户晓的一个闪光的名字。

每年的三月五日，也成了一个家喻户晓的美丽节日——"学雷锋纪念日"。

伟大的雷锋精神，成了激励和教育人们的宝贵财富，成了矗立在一代代青少年成长道路上的一盏光彩夺目的明灯，一座闪光的丰碑。

在雷锋牺牲五十六年之后，二〇一八年九月二十八日上午，正在辽宁省考察的习近平总书记，乘车来到了雷锋生前工作过的抚顺市。

抚顺是雷锋的"第二故乡"，也是平凡而伟大的雷锋精神的发祥地。习总书记向雷锋墓敬献了花篮，并参观了雷锋纪念馆。

看着雷锋生前用过的一件件实物，还有这位年轻的战士留下的一幅幅照片、一段段日记，习总书记语重心长地说道："雷锋是一个时代的楷模，雷锋精神是永恒的。它是五千年优秀中华文化和红色革命文化的结合。""积小善为大善，善莫大焉。"习总书记还引用了这句古训对大家说，"这和我们党'为人民服务''做人民勤务员'是一脉相承的。所以，雷锋精神永远值得弘扬。"

人们还清晰地记得，早在二〇一四年三月四日，"学雷锋纪念日"即将到来之际，习总书记给"郭明义爱心团队"的回信中就这样说过："雷锋精神，人人可学；奉献爱心，处处可为。积小善为大善，善莫大焉。当有人需要帮助时，大家搭把手、出份力，社会将变得更加美好。"

几天之后，三月十一日，习总书记在接见出席十二届全国人大二次会议的解放军代表团部分基层代表时，又谆谆教导某工兵团"雷锋连"指导员谢正谊说："雷锋精神是永恒的，是社会主义核心价值观的生动体现。你们要做雷锋精神的种子，把雷锋精神广播在祖国大地上。"

"做雷锋精神的种子,把雷锋精神广播在祖国大地上。"

这是多么美丽的期望和崇高的使命啊!

实际上,半个多世纪以来,伟大的雷锋精神,正像飞翔的蒲公英种子一样,已经在祖国大江南北的辽阔大地上,不断地生根、开花、结果了。

当年,雷锋经常去给孩子们做辅导的抚顺市建设街小学,已经改名为雷锋小学。当年的小学生之一孙桂琴回忆说:"每当我想起和雷锋叔叔在一起的幸福情景,就抑制不住自己激动的心情。那一幕幕让我刻骨铭心的记忆场景,时常像潮水一样涌现在我心头,如此的清晰、生动,就像昨日刚发生过一样。"

正是有了雷锋精神的感召和激励,孙桂琴从一个天真懵懂的小学生,一步步成长为一名真正的战士,成为一位雷锋式的好军人。

她曾多次被评为"辽宁省学雷锋先进个人""优秀校外辅导员",荣获过"沈阳军区学雷锋金质奖章",并多次立功受奖。

说到自己的成长之路,她深有感触地告诉大家说,《雷锋日记》就是她"学习雷锋、走好人生之路的教科书","雷锋叔叔的日记就像一面镜子,时刻警醒着我……"

另一位当年的小学生刘静,雷锋来学校辅导时,曾亲口对她说道:"小刘静,你爱画画这很好,长大了要多画一画祖国的大好河山,画画咱们祖国的社会主义建设,那该多有意义啊!"

小刘静一直记得雷锋叔叔的教导。她回忆说:"雷锋叔叔的话深深地铭刻在我的心里,成为我在人生道路上克服重重困难、勇往直前的动力。"

她记得最牢、时刻用来提醒和激励自己的,是雷锋叔叔的这一段话:

"不经风雨,长不成大树;不受百炼,难以成钢。迎着困难前进,这也是我们革命青年成长的必经之路。有理想有出息的青年人必定是乐于吃苦的人。"

刘静长大后,依然喜欢画画。不过,她画得最多的,是敬爱的雷锋叔叔。她把雷锋的故事画成一幅幅生动的图画,用图画来引导今天的小朋友去认识雷锋、学习雷锋。

她也像雷锋叔叔当年一样,经常去给附近学校里的小朋友们讲故事、做辅导。她说:"我讲雷锋故事,孩子们最爱听,孩子们也最羡慕和崇拜雷锋。我发现,他们聚拢在我身旁凝望我的目光,与当年我们凝望雷锋叔叔的目光,真是一样啊。"

涓涓细流,润物无声。

雷锋的故事,雷锋的精神,已经化作了阳光雨露,正在照耀和温暖着、感召和激励着一代代中华儿女。

正像电影《离开雷锋的日子》主题歌《对待》所唱的:

你说我跟不上时代,
付出的对待该不该。
对待同志要像春天般的温暖,
不管别人怎么看待。

也许你忘了怎么对待,
刻骨的对待难以更改。

对待生活要有火一般的热情,
在对待中寻找答案。

面对这火红的对待,
我感觉你不曾离开。
春天的对待汇成永远的大海,
年年月月一代又一代。